어제 그거 봤어?

TV 속 여자들 다시 보기

이자연 지음

상상출판

프롤로그

당신이 좋아했던 여자들은 아직 TV에 나오나요?

초등학교 저학년이었을 때 집에 혼자 있는 날이면 어른들이 구석에 널브러뜨려 놓은 신문을 몰래 꺼내 봤다. 어린아이가 신문씩이나 보는데 왜 몰래 봤냐고? 내가 본 건 다름 아닌 스포츠 신문이었다. 스포츠 신문은 이름과 달리 방송·연예 종합 소식지에 가까웠다. 야구, 축구 등 진짜 운동 이야기를 다루긴 했지만 전면에 내세운 건 연예인 섹스 스캔들과 사건 사고였다. 포털에 '스포츠 신문 1면'을 검색하면 당시의 흔한 제목이 도출되는데, 대부분 이런 식이다. '아낌없이 벗으마', '솔직고백 사랑해야 섹스', '휴대폰 누드 뜨겁다'. 또 편집 디자인은 얼마나 화려한지 자극적인 단어들을 강조하기 위해 빨간색과 노란색을 아끼지 않았다. 이런 탓에 아무리 나이가 어려도 신문 안에 흥미로운 무언가가 있다는 것을 본능적으로 알았다.

지면에서 난처한 표정을 짓고 있는 건 대체로 여자 연예인이었다. 스포츠 신문이 TV 속 세상을 다루는 방식은 늘 이랬다. 2000년대 초, 중학생이 되면서 인터넷 신문이 정착했지만 상황은 비슷했다. 기사는 여전히 선정적인 제목으로 사람들의 이목을 집중시켰고, 여자들은 계속해서 재물이 되었다. 대중의 호감을 사지 못한 이들은 모바일 화보를 찍었다는 소식이 어디선가 들려왔다. 누드 화보나 다름없는 콘셉트만이 그들의 존재를 대체했다. 열네 살의 나는 축적된 경험을 바탕으로 방송과 그 주변을 이렇게 정의했다. '정확하게 어떤 죄를 저질렀는지 알 수 없지만 여자들이 쉽게 심판받고 쉽게 낙오되는 곳.' 실로 그랬다. 언론과 대중은 그들을 안주 삼느라 바빴고, 내가 좋아하던 여자 연예인들은 너무 쉽게 사라졌다. 마치 우리 모두의 평화를 위해 공공연한 왕따가 필요한 것 같아 보였다. 애석하게도 그들을 대신해 옹호해 주는 사람은 거의 없었다.

스포츠 신문만이 이런 현상을 초래한 건 아니다. TV 안에서도 동일한 문법이 적용됐다. 여자 주인공이 나오는 드라마와 예능은 존재했지만 철저히 남성중심적인 시선으로 여성을 은밀하게 소외시켰다. 여자 연예인들끼리 도움을 주고받거나 연대하는 모습은 화면에서 꽁꽁 숨겼고 서로 시기 질투하는 라이벌 구도를 만들기 일쑤였다. 신문은 언제나 손 닿는 곳에 있고, TV는 켜면 보이고, 인터넷은 사람들이 끊임없이 이야기하는데 어린 이자연은 어떤 재량으로 이것들을 피할 수 있었을까. 여성을 구석으로 몰아세워도 제지를 가하는 사람이 아무도 없다는 걸 보고 자란 나는 문화 구조적으로 소속감을 갖기 어려웠다. 어린 나를 애도하는 마음으로 이 글을 썼다. 그리고 수많은 콘텐츠로부터 나도 모르게 영향을 받고 있는 오늘날의 모든 시청자를 위해 썼다.

《어제 그거 봤어?》라는 제목은 콘텐츠 홍수 속에서 우리가 자주 하는 질문이다. 이렇게 멋진 걸 봤는지, 이렇게 시대착오적인 게 아직도 살아남은 걸 알고 있는지 당신에게 콕 집어 물어보려 한다. 동시에 수많은 이야깃거리 중 특정 콘텐츠를 우리 대화의 메인 화두로 꺼내겠다는 선전포고이기도 하다. 한 꼭지가 끝날 때마다 질문을 덧붙인 이유도 여기에 있다. 지혜로운 시청자로서 콘텐츠를 통해 당신의 역사와 주변 환경을 다시 점검하고 수정할 여지를 들여다보기 바랐다.

OTT 오리지널과 다양한 TV 프로그램 사이에서 누군가 여성들을 폄훼한다면, 나는 그걸 제지하는 1인으로서 기능하고 싶다. 다음 세대의 여성들을 위해 기꺼이 딴지를 걸며 화면

조정을 이뤄내고자 한다. 무엇보다 우리가 살며 느끼는 여성 간의 사랑이 미디어에 이렇게 흔하고, 단단하다는 것을 알려 주고 싶다. 정말이지 더는 누구도 잃고 싶지 않다. 화면 뒤안길로 사라진 여자들과 화면 앞에서 나도 모르게 공격받으며 무력해진 여자들 모두가 평온하면 좋겠다.

본문의 모든 여성은 '그'로 표현했다.

> '그녀'는 '우리말(그)+한자어(女)'로, 이렇게 결합하는 경우가 거의 없다는 점도 걸림돌이다. '그대, 그이, 그분, 그놈' 등 '그'는 순우리말과 결합한다. '그남(그男)'을 가정해 보면 '그녀'가 얼마나 어설픈지 알 수 있다.
>
> - 중앙일보, "우리말 바루기, '그녀'는 아름답지 않다" 중에서

여성을 어떤 기준에서 벗어난 여분으로 생각하지 않고, 하나의 주체자로 인식하기 위해 나는 한글이 본래 의도한 '그'를 쓰기로 했다. 따라서 여기서 지칭한 '그'가 남성을 가리킨다는 오해는 피하고, 문맥 그대로를 봐주길 간청한다.

2021년 8월

이자연

차례

2장 잘 살고 싶은 마음이 퍼져나갈 때

3장 나는 이걸 사랑이라 부르고 싶어

4장 남성중심문화를 거부하는 여자들

일러두기

이 책에 사용된 프로그램 명과
대사, 인용구의 표기는
원본 그대로 사용했습니다.

1장

여전히
화면 안에
살아남은 것들

시트콤 하이킥 시리즈

하이킥 시리즈에는 책상이 없다

깜짝 질문 하나. 영화 〈겨울왕국〉에서 안나는 왜 불현듯 한스 왕자에게 사랑에 빠진 걸까? 보호자를 일찍 여의고 판단해 줄 사람이 없어서? 갑작스러운 언니와의 단절로 애정결핍에 보상심리가 작용해서? 한창 사랑을 꿈꿀 나이니까? 디즈니 공주의 흔한 공식이라서? 많은 추측이 들지만 아무래도 '성문이 닫혀서'라는 답밖에 떠오르지 않는다. 안나는 따뜻하지만 화끈하고 자신이 경험하지 않는 한 타인의 말을 그대로 믿지 않는 우직한 인물이다. 살짝 반골 기질이 있는 능동적인 주인공이 다른 사람이 대신 결정해 주지 않아서 잘못된 선택을 했다고 판단하기엔 영 어울리지 않는다.

그보다 안나에게는 한스가 어떤 인물인지 판단할 비교군

이 부족했다. 성문이 닫히면서 안나는 사람을 만날 기회가 전무했다. 각기 다른 층위의 사람들과 관계를 맺는 경험이 부재하니 이 사람을 어떤 카테고리에 포함해야 할지 제대로 알 수 없던 거다. 사례의 다양성. 안나에겐 그게 부족했다. 아무리 부모님이 살아계시고 언니와 각별한 사이를 유지했더라도 성문이 닫히면 맥락은 그대로 적용된다. 안나의 생활 공간은 구조적으로 안나가 잘못된 선택을 할 수밖에 없도록 구성되어 있었다. 이렇게 공간은 주인공의 운명을 결정하기도 한다.

김병욱과 하이킥 시리즈

김병욱 PD의 하이킥 시리즈는 2006년 MBC 〈거침없이 하이킥〉을 시작으로 2009년 〈지붕 뚫고 하이킥〉, 2011년 〈하이킥! 짧은 다리의 역습〉으로 이어졌다. 정일우, 황정음, 최다니엘, 이종석, 김지원 등 신예 스타를 배출하면서 대중에게 큰 관심을 받았고, 에피소드마다 사회 풍자와 재치를 자유롭게 넘나든다는 호평을 받았다. 이러한 뜨거운 인기의 결과로 '2007 MBC 방송연예대상'에서는 이례적으로 배우 이순재가 〈무한도전〉 팀과 함께 연예대상을 공동 수상하기도 했다.

10여 년이 넘는 시간이 흘렀지만 〈하이킥 시리즈〉는 여전히 사람들 사이에서 지속적으로 회자된다. 나문희의 '호박 고구마'나 황정음의 '됐고!' 같은 유행어가 계속해서 제N의 콘텐츠로 변형되는 이유기도 하다. 그렇게 추억에 빠져 하이킥 시리즈를 다시 보고 있는데, 아니 이게 뭐야? 이상한 걸 발견하고 말았다. "책상이 없잖아?"

책상 말고, 화장대

'책상의 부재'는 대부분 여성 인물에게 해당됐다. 일기 쓰는 서민정, 노트북으로 인터넷 검색을 자주 하는 이현경, 공부하는 황정음과 백진희. 이들은 무언가를 공부하거나 읽고 쓸 때 책상이 없어 화장대에 앉아야 했다. 남성 인물의 생활 환경을 비교해 보면 문제점은 더욱 극명해진다. 공부와 담쌓은 이윤호에게도, 다락방 신세인 이민용에게도, 조연인 강세호에게도 모두 책상이 있다. 더 늘어놓자면 공부 안 하는 정준혁과 안종석도, 백수인 이준하도, 똑똑한 이민호와 윤계상도 모두 무언가를 하기 위해 책상 앞으로 향했다. 모든 시즌을 통틀어 공간의 크기와 열악함, 연령대, 주조연, 지적 수준, 성격을 막론하고 남성 인물은 전부 자신의 일에 바로 몰입할 수 있는 책상 하나쯤은 갖고 있었다.

반면 여성 인물의 방 풍경은 많이 다르다. 책상 자체가 없고, 필요할 때는 화장대가 그 역할을 대신했다. 서사의 개연성을 위해서라도 책상은 몹시 필요했다. 〈거침없이 하이킥〉 74화에서는 박해미가 러시아어를 마스터하는 에피소드를 보여준다. 신지와 러시안 친구가 자신을 앞에 두고 조롱하는 것 같은 찜찜함을 지울 수 없어, 그들의 대화 내용을 기필코 알아내겠다는 의지 하나로 며칠 만에 러시아어를 터득한 것이다. 심지어 이 에피소드는 그가 러시아 대사관에 가서 한의학 강연을 하는 것으로 마무리된다. 이렇듯 해미는 비범하고 뛰어난 언어능력과 집중력, 의지력을 보여줬지만 공부하기 위해 찾은 게 그러니까… '화장대'다.

나문희는 어떨까. 45화에서 문희가 화장대에 앉아 기록한 건 바로 '방구보감'이었다. 건강검진 결과가 좋지 않았던 아들 준하의 몸 상태를 매일 관찰하고 점검하면서 모든 기록을 세세하게 남겼다. 하루하루 변수를 두어 자기만의 실험을 완벽하게 이행했고, 모든 과정을 기록하고 정리했다. 이야기 끝엔 준하의 신체 기능이 마침내 정상적으로 회복하면서 문희의 시도가 얼마나 유의미했는지 가늠할 수 있다. 〈거침없이 하이킥〉에서 한의사는 박해미와 이순재, 두 명이다. 이들은 의학 분야에 해박한 지식을 갖췄지만, 준하를 위해 발 벗고 나선 건 다름 아닌 문희였다. 유일하게 한 사람을 주체적으로 연구한 사람이자 오로지 사랑하는 마음 하나로 행동한 인물이었다. "내가 교육만 제대로 받았으면 지금은 좀 달랐을까." 하고 종종 탄식을 내뱉던 문희였기에 보감 작업의 의미가 더욱 크게 느껴진다. 그의 대사를 한번 바꿔보고 싶다. 문희에게 진작 책상이 있었다면, 그는 더 많은 것을 상상하고 시도할 수 있었을까?

시즌 2와 3도 다르지 않다. 〈지붕 뚫고 하이킥〉의 황정음은 대학 서열화의 상징이다. 유흥과 쇼핑에 빠져 해맑기만 하던 정음이 현실적이고 어두운 면면을 보여주기 시작한 것도 자신이 사회적 기준에 미치지 못하다는 것을 깨달으면서부터다. 학벌을 속이기 위해 온갖 소동을 벌이고 처음으로 합격한 회사가 사내 폭력을 일삼는 곳이란 걸 경험하면서 제대로 살아보고자 마음먹고 공부에 매진한다. 그런 결연한 다짐이 이뤄진 장소 또한 역시나 화장대다. N포세대의 상징인 백진희는 〈하이킥! 짧은 다리의 역습〉에서 고시원을 전전하는 가난한 취준생의 모습을 보여주었다. 하고 싶은 광고계 취업도 미루고 잠시 보건소 인턴으로나마 일을 구할 때, 심지어 한 번 떨어진 경험에 비추어 더 악에 받쳐 공부할 때, 그는 화장대 앞으로 향했다. 잠깐, 진희는 하선의 방에 얹혀살았는데? 방주인을 살펴봐도 이상하다. 국어 선생이고 편지와 일기 쓰기를 퍽 좋아하는 하선마저 책상 하나 없다니.

자기만의 방, 자기만의 책상

가구 배치는 한정된 공간 안에 거주자가 필요하거나 좋아하는 가구를 우선순위에 맞춰 자리하는 것이다. 모든 가구를 한곳에 둘 수 없는 현실적 제약을 인정한다면, 우리는 '왜 책상이 없는지'보다, '왜 화장대가 책상보다 우위를 차지하는지'를 생각해 봐야 한다. 연출의 세계에서 인물의 성격으로든 서사의 개연성으로든 있어야 할 게 사라졌으니 이유를 찾아야 했다.

답은 아주 명료하다. 화장대의 기능을 떠올려 보면, 여자라면 당연히 꾸미길 좋아할 거라는 믿음이나 혹은 그래야 한다는 통념이 서사적 논리를 뛰어넘어 TV 안에 살아남은 것이다. 인물의 배경과 지위 고하를 막론하고 '여성의 특성'일 것이라고 뭉뚱그린 게으른 판단으로 말이다. 책상의 부재는 단순히 가구 한 점 모자란 것에서 그치지 않는다. 학습, 사유, 성장, 발전, 상상 등 이토록 많은 단어가 책상에 담겨 있다. 그러므로 위의 장면들은 여성 인물을 향한 구태의연한 해석이 그들의 방에 교묘하게 침투한 증거이자 결과다.

물론 책상이 있는 여성 캐릭터도 있다. 〈지붕 뚫고 하이킥〉의 정해리와 〈하이킥! 짧은 다리의 역습〉의 김지원이다. 학생이라는 신분에 맞춰 책상을 허용했지만, 같은 학생이어도 책상을 가질 수 없던 이들은 여전히 있고, 학생이 아니라고 해서 책상이 무용한 건 아니다. 버지니아 울프가 여성에게 남긴 역사적 유언이 있다. 여성에게 진정으로 필요한 건 고정 수입과 자기만의 방이라는 것. 여기에 한 가지 더 추가하자면 여성에겐 원하는 때 바로 일에 몰두할 수 있는 '책상'이 필요하다.

다음의 물음표

Q1. 극 중에서 책상 외에 남성 인물의 방엔 있지만 여성 인물에겐 없던 것이 있다면 무엇인가? 그 반대는? 그것의 존재 여부는 어떤 의미를 갖는가?

Q2. 공간이 완전하게 여성 인물을 지지하고 있다고 느꼈던 콘텐츠나 장면이 있다면 무엇인가? 어떤 점에서 그렇게 생각했나?

아무거나
될 수 있나요?

어떤 여자에 관한 짤막한 이야기를 하고 싶다. 작은 섬에서 태어난 여자는 바다와 가까운 삶을 살았다. 수영에 재능이 타고났는지 그 뒤로 도 대회에 출전해서 상도 몇 번 탔다. 그렇지만 그는 수영 선수가 되지 않았다. 뭍으로 나온 그는 몇 해 뒤에 자신의 성량이 무척 크다는 것을 알게 됐다. 목소리도 고왔고, 높은 옥타브도 곧잘 소화했다. 고등학교 선생님은 그에게 성악을 해보라고 권했다. 하지만 그는 성악가가 되지 않았다. 이건 우리 엄마 얘기다. 이 이야기를 처음 접했을 때 내가 그의 부모가 아니라는 사실에 통탄했다. 수영 선수가 될 수 있었고 성악가가 될 수 있었던 기회들이 아까워 마음이 서글퍼졌다.

우리 집만의 이야기는 아닐 거다. 섬세한 까닭에 소설가가 될 수 있었던, 긴 팔다리를 가져 농구선수를 꿈꿨던, 우주와 기계에 무한한 호기심을 품었던 엄마들이 곳곳에 있다. 마치 집집마다 태몽이나 가보에 관한 이야기가 하나씩 숨겨져 있듯, 미처 이루지 못한 여성들의 꿈이 있는 것이다. 그리고 그네들의 자식들도 딱 나만큼 놀라겠지. "엄마가 성악을? 엄마가?" 돌이켜 보면 조금 이상하다. 절약하고 검소하게 사는 삶을 일상의 미덕인 것처럼 가르치는 나라에서 여성들을 이토록 낭비하다니. 왜 수많은 여자는 아무것도 될 수 없었을까.

그놈의 '색 다른 매력'

〈나 혼자 산다〉는 2017년과 2018년, 각각 '올해의 예능프로그램상' 수상과 동시에 MBC 방송연예대상의 대상 후보를 배출하면서 명실상부한 MBC 대표 프로그램이 되었다. 오랜 공백을 가졌던 연예인이 〈나 혼자 산다〉를 통해 컴백을 알리기도 했고, 예능 프로그램 출연이 드문 인물의 일상도 친근하게 볼 수 있었다. 그리고 2019년 3월, 래퍼 제시가 출연했다. 그는 평소 화통한 성격으로 알려진 만큼 시원시원한 말투와 행동으로 남성 패널을 호령했다. 어색한 한국어 구사 때문에 자신을 무시하는 것 같다는 판단이 들 때면 무시하지 말라고 단도직입적으로 말했고, 답답한 질문이 이어지면 일단 영상을 계속 보라는 핀잔을 주기도 했다. 해당 회차를 홍보하는 미리 보기의 내용은 이러했다.

> 무지개 라이브 - 제시. 카리스마 만렙! '쎈 언니' 제시가 무지개 라이브에 떴다! 등장부터 스튜디오를 발칵 뒤집어 놓은 힙합 여전사! 꼬질꼬질한 양말로 하루를 시작해~ 화끈한 한식 먹방도 모자라, 영양제 폭식(?)까지?! 애교뽀짝 제시의 허당美 넘치는 반전 라이프 전격 공개!

그런데 영 이상하다. 아무래도 제시 자체를 비추기보다는 〈나 혼자 산다〉에서 보여주고 싶은 제시를 만들어 내는 듯한 기분이 엄습했다. 해당 회차는 무척 의미가 있었다. 그는 온통 남자뿐인 힙합 시장에서 현실적으로 낄 자리가 없다는 어려움을 토로했고, 자기만의 암울했던 시절을 고백하기도 했다. 게다가 유럽 투어를 하는 동안 수많은 관중 앞에서 홀로 공연을 이끄는 저력을 보여주기도 했다. 하지만 이건 〈나 혼자 산다〉에서 중요한 지점이 아니었다. 그보다는 제시가 평소 이미지와 다른 행동을 보일 때마다 패널들이 한마디씩 던지는 것에 집중했다.

"오, 애교가 많네?"

심지어 제시와 오랜 시간을 함께 해왔다는 헨리는 그의 출연이 기쁘다며 이렇게 덧붙였다. "실제 누나 성격을 아는데,

부드럽고 애교 많아서 이런 걸 사람들이 다 봤으면 좋겠다고 생각했거든요. 드디어 사람들이 보게 된 것 같아서 기뻐요."

프로그램은 2주 연속 방영한 제시 에피소드에서 어떤 모습에 더 무게를 두어야만 했을까. 그의 진실된 고백일까, 아니면 콧소리 가득한 장면에 '애교'라는 명칭을 붙이는 일일까. 애초부터 그의 다면성을 쉽게 가리고, '세다'라는 말로만 일축한 건 과연 누굴까? 그리고 〈나 혼자 산다〉는 이 질문과 정말 무관할까?

그놈의 테스트

같은 시기의 2019년 3월, 〈마이 리틀 텔레비전 V2(이하 마리텔2)〉가 돌아왔다. 새로운 게스트 출연과 기부 시스템 도입, 널찍한 스튜디오 활용 등 이전과는 색다른 변화를 주었다. 그리고 여기, 전혀 예상하지 못한 인물이 등장했는데 바로 반가운 얼굴, 강부자였다. 그는 1962년 탤런트 시험에 합격해서 2019년 기준 78세가 되기까지 긴 시간 동안 우리의 안방을 넉넉하게 채워왔다. 그랬던 그가 〈마리텔2〉를 통해 처음으로 1인 방송을 하게 되었다. 시청자와 함께한 세월이 이토록 오래되었는데 여전히 새로울 것이 있다니 새삼스레 감동적이었다. 그는 자신을 소개하면서 시청자에게 질문을 건넸다. "여러분들 생각에는 내가 어떤 얘기할 것 같아요?" 살짝

달뜬 목소리에서 쑥스러움이 묻어났다.

많은 이가 비슷한 예상을 했을 것이다. 요리나 카운슬링, 수공예나 살림 노하우 같은 것을 말할 거라고. 하지만 모든 예상은 깔끔하게 무너졌다. "저는 오늘 축구 얘기를 할 거예요. 축구 해설을 해보고 싶은 꿈이 있거든요." 짧은 두 마디에서 힘이 느껴졌다. 1인 방송이 그동안 재야의 방송인을 발굴한 만큼 이제는 새로운 축구 해설자를 발굴할 때가 온 셈이다. 그리고 그가 말을 덧붙였다. "맨날 TV에서 맨 할머니 역할만 하다가 이런 거 하니까 어색하시죠?" 맞는 말이다. 80세에 가까운 할머니가 축구에 관해 전문적으로 이야기하는 것을 미디어를 통해 본 적이 있었나. 내 역사에 그런 경험은 없었다. 드디어 오랜 익숙함을 강부자가 전복시킬 차례였다.

그때 두 명의 남성이 그를 중심으로 좌우에 앉았다. 방송인 조우종과 스포츠해설가 한준희였다. 아무래도 방송이 원활하게 진행되도록 도와주기 위해 온 것 같았다. 그리고 첫 번째 코너가 시작되었다. 바로 강부자의 역량 테스트. 맙소사. 그러니까 강부자가 축구 해설을 할 역량이 되는지 남성 두 명이 친절하게 테스트를 해준다는 것이었다.

몇 가지 의문이 스쳤다. 강부자가 축구와 함께한 세월이 어언 몇십 년인데, 같이 맞히는 퀴즈도 아닌 역량 테스트가 꼭 필요한 건가? 저 둘에게 인정을 받아야만 그의 축구 지식이며 역량이 진실이 되는 걸까? 그렇다면 저들은 강부자를 평가할 역량이 되는 걸까? 하지만 그는 보란 듯이 테스트를 쉽게 풀어나갔다. 선수들의 등 번호만 보고도 이름을 불렀고, 특정 선수에 대한 애정 어린 설명을 이어나가기도 했다. 그러다 어떤 문제에서는 원성 반 농담 반의 말을 남겼다. "뭐야 이거(너무 쉽잖아). 날 너무 무시하는 거 아니야?"

아니나 다를까, 그는 조우종보다 최신 업데이트된 정보를 전하는 여유까지 보였고 조우종은 축구를 본 지 꽤 되었다면서 머쓱하게 웃었다. 아무래도 강부자를 테스트할 수 있는 건 강부자 자신밖에 없어 보였다. 원론적인 질문으로 돌아갈 수밖에 없다. 강부자가 축구 해설을 하는데 굳이 남성 해설자를 불러야 했을까. 축구 해설에 남자가 많은 게 그 이유라면, 왜 남자밖에 없는 것인가.

여러 차례의 점검과 필터를 거쳐 나온 TV 프로그램에도 이런 장면이 등장하는데 여성들 주변엔 얼마나 일상적인 맨스플레인과 애교 요구가 범람하고 있을까? 우리는 사회가 유능한 여성을 어떻게 오용하고 있는지 계속해서 되짚어 봐야 한다. 시대착오적인 요구 사항에 휘말리지 않도록 중심을 잡는 것도 중요하다. 이 경계는 모든 여성에게 적용된다. 제시부터 강부자까지, 나부터 당신까지. 〈나 혼자 산다〉와 〈마리텔2〉

의 문제점을 발견한 것만 해도 2019년 3월, 같은 시기였다. 한 달에 최소 두 번씩 이런 장면들을 맞닥뜨린다고 가정해 보자. 나도 모르게 그 풍경에 잠식되면서 나를 잃어버리고 말지도 모른다. 정말 우리는 아무거나 될 수 있는 걸까? 아무래도 여성 시청자에게는 TV를 보기 전 질문 하나가 더 필요해 보인다.

"나는 어떻게 낭비되고 있을까?"

다음의 물음표

Q1. 최근 봤던 콘텐츠 중 가장 의외의 모습을 보였던 여성 인물은 누구인가? 그 의외성은 어디서 비롯되었는가? 그리고 그 점이 나에게 어떤 영향을 주었나?

Q2. TV 속에서 노인 여성의 재발견을 보여준 콘텐츠를 꼽는다면? 어떤 점이 새롭게 느껴졌나?

Q3. 방송가가 여성 연예인에게 애교를 주문하는 것이 나와 어떤 연관이 있다고 생각하나? 이러한 풍경이 비연예인 여성에게 어떤 영향을 주는가?

이상한 나라의 투니버스 픽

다니던 회사를 그만두고 백수의 나날을 보내던 중 지인의 부탁으로 학원에서 단기간 일을 하게 됐다. 주된 업무는 중학생에게 영어 회화와 문법을 가르치는 것. 스무 살부터 첫 직장을 가질 때까지 7여 년을 강사로 일한 덕에 아이들과 경계를 허물고 가까워지는 것은 크게 어렵지 않았다. '요즘 아이들'을 둘러싼 무성한 소문이 무색할 만큼 학생들은 어른을 잘 따랐고, 말과 행동을 스스로 점검했으며, 항상 선생님의 관심을 원했다. 그날그날 학교에서 있었던 일들을 조잘조잘 늘어놓다가 '청소 당번'이나 '시험 기간'처럼 내게 너무 멀어져 버린 단어를 쓸 때야 슬며시 거리감이 느껴지는 정도였다. 적당히 선하고 적당히 영악한 아이들을 보면서 그 나이답게 잘 자라고 있다고 믿었다. 딱 하나 빼고.

학원가의 아이들

아이들은 종종 내게 재밌는 유튜버를 찾았다면서 영상을 공유하곤 했다. 그런 것들은 대개 이런 내용이었다. 별 뜻 없는 유행어를 계속해서 반복하기, 과장되게 우스꽝스러운 표정을 짓고 행동하기, 친구를 깜짝 놀라게 할 몰래카메라 찍기, 욕설과 은어가 난무한 더빙 작업이나 패러디하기. 정제되지 않은 콘텐츠를 보고 저토록 해맑은 목소리로 깔깔거리다니. 단언컨대 결코 거짓된 웃음이 아니었다. 정말 그것들이 웃겨서 웃는 거였다.

예상했던 것보다 아이들이 유튜브와 훨씬 가깝다는 것을 피부로 느낄 즈음, 귀가 후 집에서 TV 채널을 돌리다 적잖게 당황했다. 학생들이 내게 공유했던 유튜브 콘텐츠가 투니버스에서 방영되고 있던 것이다. 욕설이나 은어, 폭력적이고 선정적인 내용은 조금 다듬어져 있었지만 이게 투니버스의 선택이라는 것에는 변함이 없었다. 오늘 학원에서 만난 아이들보다 더 어린아이들이 이 콘텐츠들을 접하고 있을 터였다. 보호자가 영상 콘텐츠에 육아를 맡긴다면 아이들은 이것들을 웃음의 소재로 학습하고 있을 것이다. 투니버스가 선택한, 일명 '투니버스 픽'을 더 둘러봐야만 했다.

투니버스와 유튜브

유튜브 크리에이터의 TV 진출은 더 이상 놀라운 일이 아니다. MBC 〈라디오스타〉에는 유튜버 이사배와 감스트가 출연했고, tvN 〈놀라운 토요일〉에는 유튜버 입짧은햇님이 고정으로 나온다. 유튜브 크리에이터가 화제성이나 수익성에 저력을 보이면서 매체의 구분은 무의미해진 지 오래다. 오히려 기존 방송 체제가 외면받을 거라는 의견이 더해졌고, 종이 신문 사례처럼 TV 위기설도 자꾸만 커졌다. 투니버스의 주된 시청자 타깃이 어린이라고 가정할 때, 아이들이 좋아하는 유튜버를 출연시키는 것이 무리는 아니다. 하지만 '아이들에게 인기 많은 콘텐츠'라는 무분별한 사실이 TV 방영을 충분히 납득할 근거가 될 수 있을까? 나를 당혹하게 한 콘텐츠의 실체는 〈급식왕〉이었다. 〈급식왕〉은 독특한 개성의 다양한 인물이 등장해 활기찬 학교생활을 그려내는 코미디 드라마다. 매 에피소드 도입부에 '이 드라마는 우리들의 학창 시절을 바탕으로 한 급식왕의 이야기이다.'라는 공지 자막이 들어가는 것으로 보아 즉흥 연기보다는 대본과 연출이 극을 이끌고 있단 걸 알 수 있다. 이 말은 콘텐츠 안에 예상치 못한 실언이 들어갈 가능성이 적고, 있다 하더라도 삭제할 단계가 있었다는 의미다.

〈급식왕〉의 '교복 예쁘게 입는 꿀팁' 에피소드에서는 발가락쌤이 등교하는 학생들의 복장을 확인하는 장면이 나온다. 그중 '덩어리'라는 몸집이 큰 인물에게 "몸 자체가 무기다."

"네가 살을 못 빼는 건 게을러서 그러는 거다." 같은 비하 발언을 서슴지 않았다. 또 '학교에서 소풍 가는 유형' 에피소드에서는 소풍 간다고 신난 두순이가 선글라스를 벗자 과하게 속눈썹을 붙인 모습이 드러났고, 그 모습을 본 발가락쌤은 "다시 써. 아, 징그러워."라는 말을 한다. 이러한 지속적인 외모 비하에 방송통신심의위원회(이하 방심위)로부터 권고 조치를 받으면서, 결국 〈급식왕〉은 첫 방영 이후 6주 만에 투니버스에서 종영되었다. 2019년 7월 기준으로 재방송조차 사라졌다.

같은 소속사 샌드박스에서 제작된 〈흔한남매〉는 투니버스에서 방영 중인 프로그램으로 동일한 문제를 비껴가지 못했다. 2019년 5월, 방심위는 〈흔한남매〉에 관해 법정제재(주의)를 의결하고 전체 회의에 상정했다. 문제의 내용은 이렇다. 얼굴에 낙서가 된 것을 안 동생이 자신도 오빠 얼굴에 똑같이 낙서를 하고 몰래 사진 촬영을 한다. 그러고 "내가 시키는 대로 하지 않으면 몰래 찍은 사진을 지인들에게 보내겠다."라고 협박하며 미션을 주는 것이다. 오빠를 본인이 원하는 대로 종용하는 모습은 일련의 실제 사건처럼 비치기까지 했다. 순간 가슴이 서늘해졌다. 나는 학원에 돌아가 아이들과 이야기를 나눠야만 했다. 학원에서 내게 주어진 업무는 교육이 아니라 수업이었기 때문에 이 문제에 대해 길게 이야기할 수는 없었다. 날마다 나가야 할 진도는 명확하게 정해져 있었고, 나는 그 속도를 맞춰야만 했다. 고심 끝에 딱 한 가지 질문만 건네기로 했다. 아이들에게 가장 필요한 질문 하나를. "이런 영상이 왜 웃겨?" 나는 '왜'를 물었다. 왜는 대상의 본질을 건드리는 의문사다. 그게 왜 웃긴지 설명하는 순간 아이들이 무엇을 놓쳤는지 알 수 있을 터였다. 그리고 아이들이 답했다.

"그냥 웃기잖아요!"

분명 아이들은 순박한 눈과 입으로 대답했지만 그건 내가 아는 어른들의 말과 같았다. "웃자고 하는 말에 죽자고 덤벼야겠어?", "그냥 농담인 건데 또 프로불편러들 좌표 찍고 모여드네", "예민보스들 진짜 노잼" 같은 것들. 웃는 게 중요한 나머지 웃음이 무엇과 거래되고 있는지 신경 쓰지 않았던 무심함이 아이들에게 그대로 전파되고 있었다. 아직도 이 지적이 쓸데없이 예민해 보인다면 명확한 카테고리를 구분해 보자. 폭력, 비하, 낙인, 협박은 개그 소재의 영역일까, 사회적 문제의 영역일까? 아이들이 이것들을 무비판적으로 흡수할 때 어른은 문제가 없다고 해야 할까, 문제를 정정해 줘야 할까? 어른들이 우스갯소리만 하다 해결하지 않은 문제들은 결국 아이 옆에서 농담의 모습으로 남아 있을 수밖에 없다.

이게 모두 투니버스의 선택

그렇다면 투니버스 오리지널 콘텐츠는 안전할까? 2017년, 투니버스는 당사 최초의 웹드라마 〈빛나는 나라〉를 제작했다. 줄거리는 대략 이렇다. 또래 친구들보다 유난히 체구가 작아 외모 콤플렉스를 가진 주인공 13살 오나라는 매일 아침 엄마의 화장품으로 앳됨을 가리려고 노력한다. 고등학생 오빠의 친구 차경을 좋아하지만, 그는 인기가 많아서 관심을 얻기란 하늘의 별 따기다. 그러던 어느 날 나라는 아파트 분리수거장에서 우연히 오래된 책 한 권을 얻게 된다. 책을 펼쳤더니, 아니 글쎄 종합 메이크업 세트가 뿅! 작은 메모에는 이런 글귀까지 써있다. '하루 단 한 번. 당신이 꿈꾸던 빛나는 모습으로 만들어 드립니다.' 이 매직 메이크업 키트로 화장을 하면 초등학생 나라는 순식간에 고등학생 빛나로 변신한다. 그 덕에 나라는 빛나의 모습으로 차경과 가까워졌지만, 결국 위기를 맞이해 매직 메이크업 키트를 버리고 원래 삶을 선택한다. 마지막 화에서는 차경이 우연히 마주친 나라를 한참 바라보다 밝게 인사를 건넨다. "안녕? 너 예뻐졌다?"

표면적으로 보면 여자아이가 주인공으로 등장해 초자연적인 힘을 빌려 콤플렉스를 해결하고, 궁극엔 자신의 삶을 선택하면서 한걸음 더 성장했다는 이야기로 비친다. 극의 전반적인 메시지를 간단하게 정리하면 이렇다. '외적 성장보다는 내적 성장을! 내 삶의 주인공은 바로 나!' 언뜻 좋은 말처럼 보이지만, 과연 현실 속 13살 여자아이들에게 실질적인 도움이 될까? 더 먼 과거엔 비슷한 플롯의 드라마가 있었다. 2004년, 조정린과 정시아가 주인공으로 출연한 MBC의 〈두근두근 체인지〉. 일명 시루떡 시스터즈라고 놀림받는 고등학생 최모두가 마법의 샴푸로 머리를 감으면 네 시간 동안 미녀 신비가 된다는 줄거리다. 마지막 화에 주인공 최모두가 샴푸를 버리고 자신에게 주어진 길을 가겠다고 다짐하는 엔딩까지 기본 구성이 〈빛나는 나라〉와 비슷하다.

두 드라마에는 공통적으로 주인공의 성장 과정에 '변신'이라는 키워드가 있다. 나라가 빛나가 되고, 모두가 신비가 되어 꿈꾸던 로맨스를 이룰 수 있다. 여기서 문제는 주인공인 여자아이가 지금 모습과는 괴리가 큰 어른스러운 몸매에 풀메이크업을 한 모습으로 변한다는 것이다. 진짜 나는 이루지 못한 것을, 신체적 변화를 겪은 허구의 내가 비로소 이뤄낼 때 아이들은 무방비 상태로 자신을 부정당하고 만다. 게다가 남아가 주인공인 만화와 드라마에서 변신은 순간적 역량 증진(슈퍼 파워)을 의미하지만, 여아 주인공은 아름다운 여자로 변신한다면 현실 세계의 소녀들은 자신의 무엇을 개발해야 한다고 생각할까? 게다가 그 경험을 통해 진짜 나다움을 생각하게 됐다면? 그 덕으로 사랑을 이루고 이전보다 더 성숙해졌다면?

마지막 화에서 나라는 차경으로부터 예뻐졌다는 말을 듣고 밝은 미소를 띤다. 나라는 이곳저곳을 활보하며 문제를 직접 해결하기 위해 스스로 나서는 주체적인 인물이지만, 그는 결국 남성 인물로부터 평가받고 재단된다. 이런 외모 채점이 지나치게 자연스러운 나머지 또 다른 프로그램에서 "네가 살을 못 빼는 건 게을러서야.", "(선글라스) 다시 써. 아, 징그러워." 같은 말을 할 수 있게 된 것인지도 모른다. 그리고 이 지독한 농담의 세계를 연결하는 데 투니버스가 일조하고 있다.

모든 문제가 투니버스에서 비롯했다고 단언할 순 없지만, 이러한 콘텐츠를 선별하고 제작하고 방영하는 긴 시간 동안 아무도 문제를 알아차리지 못했다면 어린이 전용 채널이라는 존재 목적에 의구심이 들 수밖에 없다. 세상은 갈수록 교묘하고 치졸하게 아이들을 위협하는데 방송국은 그것을 감지할 근육을 키우지 못한 것이다. 꽃으로 때리는 것도 문제인데, 어떻게 억지로 실실 웃게 하는 독버섯이 문제가 아닐 수 있을까.

다음의 물음표

Q1. 아이들은 꼭 선한 콘텐츠만 봐야 하는 걸까? 아이들에게 허용할 수 있는 소재의 기준을 둔다면 무엇을 꼽고 싶은가?

Q2. 농담에 정색하지 말라는 반응에는 어떻게 응수하는 게 좋을까?

무엇이든 물어보살

조언하는 남자, 서장훈이 부럽다

유아인이 SNS에서 많은 이들과 설전을 벌였을 때 모든 커뮤니티는 아수라장이었다. 며칠 동안 승자도 패자도 없는 지리멸렬한 싸움이 이어졌고, 끝내 유아인이 '애호박'과 '빛'이라는 꽤 간극이 큰 별명을 갖게 되면서 마무리됐다. 그때 나는 무엇을 하고 있었냐면, 이제 와 고백하건대 이 세상에 없는 남자가 되어 있었다. 보편적으로 남성들 사이에 많이 쓰이는 이름 하나를 골라서 SNS 계정 하나를 만든 것이다. 그리고 이곳저곳을 들쑤시면서 "나도 같은 남자지만…"으로 시작하는 강력한 조언을 설파하고 다녔다. 내가 여자인 걸 아는 순간 내용이나 논리와 상관없이 남성들로부터 별의별 상욕이 뒤따랐기에 차라리 같은 성별이 되기로 전략을 바꾼 것이다.

남자 이자연, 여자 차현우

꽤 영악하게 계정을 운영했다. 뭇 남성들 계정에서 관찰한 게시물과 비슷한 것들을 며칠에 걸쳐 올렸고, 그들의 말투와 문법을 교묘하게 따라 했다. 어느덧 나는 어딘가 살고 있을 법한 '차현우'라는 가상의 인물이 되어 있었다. 남성의 이름과 태도로 싸웠을 때의 결과는, 예상했던 대로 매번 아주 쉽게 이겼다. 진짜 이자연이 SNS에 글을 올릴 때는 '페미는 정신병', '팩트체크 확실하냐', '너희 엄마 걸 수 있냐' 등의 메시지가 날아오던 것과 달리, 남자의 모습을 한 이자연에게는 '양쪽 모두의 의견을 수렴하는 모습 정말 멋집니다'부터 '용기 있게 배우를 비판하는 모습 좋습니다'까지 각종 칭찬이 따랐다.

차현우. 그의 계정으로 추측할 수 있는 인물 정보를 말해보자면, 맞춤법도 자주 틀리고 매일 술에 절어 사는 부류의 인물이다. 온갖 것을 세상 탓으로 돌리면서 주말엔 집에서 생수 페트병에 담배꽁초를 쌓으며 게임만 한다. 이자연은 어떨까? 내 SNS 계정에서 가늠할 수 있는 정보는 다양한 문화생활도 즐기고 많은 사람과 교류하며 시의성 있는 책도 꼬박꼬박 읽는 사람에 가까웠다. SNS로 얻을 수 있는 정보가 온통 표면적인 것들뿐이라면 분명 나는 차현우보다 더 부지런하고 사회 참여도 높은 생활을 하고 있다. 그런데 왜 내 말은 쉽게 공격받고 차현우의 말은 신뢰를 얻는 걸까?

서장훈 씨, 부럽습니다

KBS Joy 〈무엇이든 물어보살〉은 선녀 보살 서장훈과 동자 이수근이 방문객의 고민을 들어주고 해결 방안도 함께 모색하는 컨설팅 프로그램이다. 나이대, 성별, 지역 등 각기 다른 배경을 가진 사람들이 조심스럽게 선녀 보살을 찾았고 여느 무속 신앙이 그렇듯 연애, 결혼, 진로, 우정, 건강 등 다양한 카테고리의 사연을 접할 수 있었다. 때마다 MC들은 진지함과 재치를 넘나들며 도움을 주기 위해 애썼다. 시청자들은 새로운 프로그램 구성에 관심을 보였고 매 사연은 연신 화제로 떠올랐다. 특히 무던하게 정곡을 찌르는 서장훈의 말들이 뜨거운 호응을 얻었다. 사람들이 하고 싶은 말을 유연한 김구라 버전으로 시원하게 내지른다는 게 이유였다.

그러다 6화의 어떤 장면에 도달했을 때, 머릿속 센서가 작동하기 시작했다. '시원함' 속에 숨은 불편함을 감지했기 때문이다. 두 장면을 보자. 먼저, 두 청년이 선녀 보살을 찾아왔다. 5명의 친구 무리에서 2명이 크게 다퉈서 고민이라는 내용이었다. 당시 버닝썬 사건과 정준영 불법 촬영 사건으로 떠들썩하던 시기였기 때문인지 이야기를 듣던 서장훈이 물었다. "단톡방 있어?" 두 청년이 그렇다고 답했다. 1초의 망설임도 없이 서장훈이 답변했다. "없애. 남자끼리 모이지 마. 남자끼리 모이는 거 아니야." 그리고 밑으로 보이는 자막 한 줄. '남자 여럿 모이면 흉흉하다더라.'

또 8화에는 두 명의 남고생이 등장했다. 그중 한 명이 여자 친구랑 일주일가량 사귀다 헤어져서 힘들다는 말을 했다. 서장훈과 이수근은 둘의 일주일을 되짚어 보기로 했다. 그리고 그가 떡볶이를 먹고 더치페이를 요구했다는 사실을 듣게 됐다. 서장훈이 흥분한 목소리로 답했다. “너 왜 차였는지 알겠다. 뷔페를 갔으면 이런 말 안 해. 무슨 떡볶이를 먹고 더치페이를 해. 넌 그래서 차인 거야. 돈가스라도 먹었으면 더치페이를 이해하겠어.”

짧은 상상을 해봤다. 서장훈이 아니라 다른 여성 연예인이었다면 방송 이후의 반응은 어땠을까? 더치페이를 이별의 이유로 지적하고, 남자끼리 무리 지어 단톡방을 만들지 말라는 말을 전했을 때, 소신 있고 개념 넘치는 사람이라는 수식이 붙을 수 있을까? 딱 서장훈이 받는 만큼 긍정적으로 평가받을 수 있을까? 방송 담당 PD가 사과문을 쓰지 않고, 프로그램 폐지를 걱정하지 않을 수 있을까?

어디에도 없는 발언의 자유

아무래도 모두가 발언의 자유를 공평하게 나누어 가지진 않은 것 같다. 수지가 합정동 스튜디오 강압 촬영 사건에 관한 청원 글을 SNS에 올렸을 때, 곽정은이 택시 기사에게 ‘아가씨라고 부르지 말아달라’고 했을 때, 아이린이 《82년생 김지영》을 읽었다고 했을 때, 예은이 '나는 꽃이 아니라, 새야'라고 했을 때, 나은이 'Girls can do anything'이 적힌 휴대폰 케이스를 사용했을 때, 조이가 같은 문구가 적힌 티셔츠를 입었을 때. 그때 남성의 반응은 '손절'이었다.

서장훈이 좋은 조언자일 수도 있다. 그로 말미암아 남성들 사이에 서로 눈치 주는 분위기가 형성됐을 수도 있으니, 정말 그렇게 됐다면 땡큐다. 하지만 잘 보면 알 수 있다. 모든 것은 허점투성이다. 두 친구가 한 여자를 동시에 좋아하게 되었다는 고민 상담에 서장훈의 첫 질문은 "걔 예뻐?"였다. 결국 단톡방도, 더치페이도 그저 남성들 세계에서 하나의 농담거리로 이용됐을 뿐 문제점을 바로 잡고 지적하기 위한 발언이라고 보기는 영 어려워 보인다. 무엇보다 단톡방을 없애라는 말을 꺼냈을 때 남성 피조언자들의 반응은 어땠나? 그저 킬킬거리며 웃었다. 버닝썬 약물 강간 사건을 알고 있다는 암묵적인 동의는 웃음으로 거래돼서 그들의 유대감을 더 단단하게 만드는 데 일조했을 뿐이다.

예능이 꼭 다큐처럼 진지해야 하냐고? 물론 아니다. 하지만 피해자가 있는 사건을 암시하면서까지 웃음을 만들어야 하는지는 다시 생각해 볼 필요가 있다. 2020년 4월, 〈밥블레스유 2〉 '이수정 교수 편'에서는 N번방 사건을 언급하며 사건의 개요와 당시 사건 처리 과정을 공유했다. 이수정 교수는 N번방 사건을 두고 "어떤 처벌을 받을지 앞으로 따라가면서 봐야 할 사건"이라고 명확하게 짚어내면서 잘 모르던 시청자에게는 필요한 정보를 제공했고, 이미 내용을 아는 시청자에게는 분노할 기회를 마련해 주었다. 이 교수가 말을 마치고 난 뒤 〈밥블레스유 2〉 모든 출연진이 각자의 경험을 떠올리는 장면은 몹시 인상적이었다. 사이버 장례에 얼마나 큰 비용이 들며 얼마나 허술한지, 여성 동료가 늦은 밤 귀갓길에서 어떤 일을 겪었는지, 사랑을 가장한 스토킹이 법의 심판을 얼마나 쉽게 비껴가는지. 어느 누구도 여성 범죄에 가볍게 접근하지 않았고 모두가 한 번씩은 비슷한 경험이 있다는 듯 이해의 눈빛을 표했다. 다소 무거워진 분위기를 환기시킬 지점에서 김숙이 말을 더했다. "우리 너무 무서우니까 밥 볶아 먹을까?" 그러니까 여성 범죄를 이야기하는 자리에서 재미를 되찾기 위해서는 사건을 축소하는 게 아니라 볶음밥을 주문하는 거다, 볶음밥을. 성 착취 사건을 대하는 〈무엇이든 물어보살〉과 〈밥블레스유 2〉의 태도가 극명히 다르게 느껴지는 이유는 바로 여기에 있다.

문재인 대통령도 자신을 페미니스트라고 칭했고, 유시민도 여성 혐오 문제를 지적했다. 어느 시청자는 한 예능 프로그램을 보다가 유재석의 집에서 《82년생 김지영》이 발견되었다는 스틸컷을 공유했고, 윤종신도 '여○○'이라고 직업군을 칭하는 게 이상하다고 동조했다. 하지만 남성들은 결코 그들을 손절하지 않았다. 맨 처음으로 돌아가자. 유아인 논란과 관련해서 같은 말을 해도 차현우는 칭찬받고 이자연은 위협을 받은 데엔 이유가 명확하다. 여성에게는 발언권이 없다. 애초 주어지지 않은 것을 행사하려고 하니 각종 불이익 타래가 이어질 수밖에. 정말 우리 모두에게 공평하게 발언의 자유가 있는 걸까? 된장녀 신드롬처럼 걸그룹이 토크쇼에 나와서 “에이, 그건 한남 아니에요?”라고 말할 수 있기 전까지는 아닌 듯하다.

다음의 물음표

Q1. 예능에서 피해자가 버젓이 존재하는 사건을 다룰 때, 가장 필요한 태도는 무엇이라고 생각하나? 그 요소를 꼽은 이유는?

Q2. TV 예능 프로그램 중 남녀 출연진에게 동등한 발언권이 주어졌다고 생각했던 콘텐츠가 있다면 무엇인가? 어떤 점에서 그런 평가를 내렸나?

짱구는 못말려

사라진 여자 봉미선

종종 작품 안에서 빈자리가 느껴질 때가 있다. 겉으로 봤을 땐 충분하고 모자란 것 없어 보이지만, 자세히 들여다보면 원래 있어야 할 게 지워져 있곤 한다. 〈짱구는 못말려: 어른제국의 역습〉은 짱구 극장판 시리즈 중 가장 큰 사랑과 호평을 받은 작품이다. 줄거리를 간략하게 정리하자면 이렇다. 악당들은 세상을 90년대로 회귀시키고자 옛날을 그리워하게 만드는 작전을 실행한다. 어른들은 추억의 20세기 냄새를 맡고 난 뒤로 어른인 것을 거부하고, 어린애마냥 집에 누워 있거나 밖에서 땅따먹기를 한다. 도리어 놀이터와 공터를 장악해서 정작 아이들이 갈 곳이 사라진다. 짱구와 친구들 눈에는 팔다리가 길쭉하고 키 큰 어른들이 장난감을 욕심내고 떼쓰는 게

영 이상해 보인다. 영원히 과거에 머물고 싶어 하는 어른들 앞에서 짱구는 사랑하는 가족과 현재를 살고 싶다고 말한다. 지난날에 정체하지 말고 미래로 나아가자고 설득하면서.

대개 애니메이션 극장판의 숙명이 해피 엔딩인 만큼 힘들고 거친 사투 끝에 짱구 가족은 결국 귀한 현재를 되찾는다. 아름다워 보이던 과거를 완료형으로 받아들이고, 사랑하는 사람과 지금을 살아가는 게 얼마나 큰 축복인지 깨닫는다. 감동과 재미가 적당한 비율로 섞인 이야기에서 문득 빈 자리 하나가 눈에 띄었다. '봉미선'에 대한 이야기다.

봉미선 없는 미선 팀

짱구는 아이가 되어 자신을 알아보지 못하는 아빠를 깨우기 위해 아빠 형만의 구두 냄새를 맡게 한다. 어른을 조작하는 것도 원래대로 돌리는 매개체도 모두 '냄새'다. 그리고 형만은 자신이 짱구 나이였을 때부터 지금까지의 일대기를 주마등처럼 마주하게 된다. 자전거 뒷자리에 앉아 바라본 아버지의 등이 점점 작아지고, 시골에서 벗어난 도시 생활은 마음 같지 않고, 미선과 서툴게 사랑에 빠지고, 짱구가 태어나고, 새집을 장만하게 되는 인생의 크고 작은 순간들을 들여다본다. 어느새 어른의 형만으로 돌아온 그가 현실을 자각하고 숨죽여 눈물을 훔칠 때 슬며시 짱구가 묻는다. "아빠, 나 알겠어요?"

이 장면은 '아이들 영화 보여주러 같이 간 어른이 더 울더라'라는 농담 섞인 극찬을 받으며 지금까지도 많은 사람에게 회자되고 있다. 짱구 아빠 시점의 보편적 생애는 누구에게나 공감의 장을 만들어 주어 저마다 잊고 지낸 시절을 떠올리게 했다. 정확히는 저마다의 아버지를 떠올렸을 것이다. 형만이 아빠의 뒷모습을 바라보다 어느덧 자신이 아버지가 되었던 딱 그 정도의 시간만큼 자신의 기억을 복기했을 테다. 실제로 〈짱구는 못말려: 어른제국의 역습〉은 '일본 미디어 예술 100선(애니메이션)'에 19위로 선정되며 그 명성을 자랑했는데, 영화의 가장 상징적인 이 장면이 높은 성적을 거두는 데 엔진이 되었다고 충분히 추측할 수 있다.

자! 이제 봉미선의 차례가… 음, 오긴 왔는데 이상하다. 장면이 전환되어 형만이 깨어난 방식과 똑같이 미선도 '형만의 구두 냄새'를 맡고 깨어난다. 그뿐이다. 미선에게는 미선의 과거를 반추할 냄새도 기회도 전무하다. 이상하다. 〈짱구는 못말려〉 시리즈에서 짱구와 절대적으로 더 긴 시간을 보내는 건 엄마 미선인데, 그 역사를 들여다보는 것은 아빠 형만뿐이라니. 게다가 미선은 왜 자신의 자아를 되찾는데 형만의 냄새를 빌려야 했던 걸까? 미선의 이야기가 완전히 배제되고 삭제되었다.

돌아와요, 봉미선 씨

별문제가 아닐 수도 있다. 미선의 이야기는 일단 다음으로 미루고, 이번엔 형만의 이야기에 집중하고 싶었을 수도 있다. 하지만 이 애매하고 오묘한 감정이 낯설지 않은 건 무엇 때문일까. 미선은 짱구의 일거수일투족을 함께한다. 여느 전업주부가 그렇듯 미선은 아이와 보내는 시간이 대부분이다. 회사생활로 늘 바쁜 형만이 짱구와 오랜 시간을 보내려 애쓰지만 현실적으로 미선의 물리적인 분량을 따라오긴 어렵다. 애니메이션에서조차 조명해 주지 않는 주부의 삶을 보니, 우리 주변에 다음으로 미뤄지고, 배제되고, 지워지는 여자들이 그제야 주마등처럼 스친다.

〈짱구는 못말려 14〉의 '선물 고르기는 힘들어요' 편에서는 이런 이야기가 나온다. 강릉으로 가족 여행을 갔다 온 형만은 휴게소에서 회사 직원들에게 나눠 줄 선물을 고른다. 직원들에게 선물하고도 욕먹지 않기 위해 선택 기준을 세우는데 그게 또 그렇게 까다롭다. 지역 특색이 그대로 드러날 것, 선물 고른 센스가 느껴질 것, 인원수에 맞춘 개별 포장일 것, 유통기한이 길 것, 다만 상사가 사올 선물보다 덜 좋을 것. 형만은 어떤 게 적합할지 몰라 쩔쩔매다가 미선에게 자문하면서 이렇게 말한다. "가르쳐 줘! 전직 커리어우먼, 미선 씨!" 아뿔싸, 봉미선은 짱구를 낳기 전까지 커리어우먼이었던 모양이다.

시즌 20의 '이름 없는 집안일을 해요' 편에서는 오로지 봉미선에게만 주어진 어려움이 그대로 드러나 있다. 형만이 보리차를 홀랑 다 마셔버리고 새로 끓여두지 않아 미선이 대신하고, 그 죗값으로 형만이 설거지를 했지만 남은 식탁 정리를 하지 않아 역시나 미선이 대신 치운다. 크게 어려운 일은 아니지만 계속해서 자잘하게 신경 써야 하는 일들이 미선의 발목을 붙잡는다. 때마침 아침 방송에서 이런 부류의 가사노동에 관해 이야기한다. "신발 정리나 신문 묶기, 떨어진 휴지 채워 넣기, 밥 먹은 식탁 정리나 보리차 올리기. 그런 것들이 이름 없는 집안일입니다. 그리고 그 대부분을 주부가 하고 있죠." 미선은 이 방송을 보며 크게 깨닫는다. 자신을 힘들게 하는 건 눈앞에 선명히 보이는 일이 아니라, 구석구석 손길을 기다리는 작은 일이었다는 것을. 사실을 알고 나서도 미선은 여전히 화장실 거울에 튄 치약 자국을 지우고 세제를 리필한다. 가장 놀라운 건 짱구가 미선에게 묻는 말이다.

"그동안 엄마가 (화장실에) 휴지를 채워두었어요? 자기 발로 걸어오는 줄 알았어요."

불안하고 두렵다. 미선이 이름 없는 집안일을 하는 동안 미선의 이름까지 지워진 것은 아닐까? 그의 역사는 온데간데없이 사라지고, 이제는 휴지를 채우는 행위의 주체자로서도 까맣게 잊힌 게 아닐까? 다시 한 번 짚어보자. 미선은 결혼 전

어떤 여성이었나? 알 수 없다. 그가 일했던 회사는 어떤 회사였나? 알 수 없다. 그는 어떤 직무를 맡았고, 어쩌다 일을 그만두게 되었나? 역시 알 수 없다. 짱구가 우리와 함께 한 지 10년이 훌쩍 넘었는데 우리가 봉미선에게 답할 수 있는 게 하나도 없다. 개인의 역사를 들여다보려고 했다면, 누구에게 더 기회를 주어야 했을까? 신형만 계장? 글쎄.

다음의 물음표

Q1. 여성 개인의 역사를 잘 드러낸 애니메이션으로는 무엇이 있나? 어떤 점이 그러한가?

Q2. 전형적인 어머니의 모습을 그리지 않고, 새로운 인식을 드러낸 애니메이션이 있다면? 어떤 모습이 새롭게 다가왔나?

하이에나

여자가 여자를 좌절시킬 때

가부장제는 여자가 여럿 모이면 서로 시기하고 질투하기 바쁘다는 말로 여성의 연대를 쉽게 끊어놓았다. 여자들은 의리가 없고 꼭 자기보다 안 예쁜 친구만 사귄다는 말을 여기저기 흘려두면서. 출처 모르게 널리 퍼진 말마따나 여자들도 자신의 적을 여자로 받아들이던 시기가 있었다. 중요한 조언도 질투라는 누명을 써야 했고, 미묘한 미소를 띤 소녀의 사진이 '여자들만 아는 눈빛'이라는 제목의 밈으로 국경을 넘어 돌아다녔다. 우린 정말 서로의 적일까? 전통적인 적대적 구도에 한 치의 오차도 없는 걸까? 여성들은 이 케케묵은 말에 반론을 제기하는 새로운 문장을 완성했다. 바로 '여·돕·여(여자는 여자가 돕는다)'다.

Girls Support Girls

지금껏 없던 말이 생겨나자 실제로 많은 것이 변하기 시작했다. 남성 카르텔로 가득하던 미디어에서 여성 사이의 단단한 유대감을 다루기 시작했고, 일상 속에서도 이 연결고리에 대해 이야기하는 사람들이 늘어났다. 게다가 이 말은 곧 여성의 야망을 독려하는 분위기로 이어져서 실수나 잘못을 해도 남성들이 그러했듯 관대하게 보듬어 주고, 굳이 비난하지 않는 보호막이 되기도 했다. 그 덕에 "여자가 큰일 좀 하려면 실수할 수도 있지!"라는 말을 난생처음 들어봤다.

SBS 〈하이에나〉는 변호사 간의 뜨거운 법정 공방을 다룬 드라마다. 일명 변호사물. 주인공 정금자는 돈과 명예, 지위를 위해서라면 물불 가리지 않는 변호사다. 지금까지 대부분의 드라마가 정의감으로 행동하는 남성 변호사를 그렸다면, 이번에는 정금자를 통해 오로지 자신의 순익 계산만으로 움직이는 여성 변호사를 그렸다. 정금자는 거대 기업이 저지르는 일들을 수습하기 위해 온갖 수를 모색하고 갑작스러운 난항에도 임기응변을 부려 끝내 성공을 쥐는 짜릿함까지 선사한다. 그렇다면 이 글은 정금자가 직업인으로서 얼마나 멋진지 짚어내려는 걸까? 전혀 아니다. 오히려 기존 남성중심적 사회를 연장하고 가장 중요한 문제를 간과했던 정금자의 행태를 낱낱이 파헤쳐 보려 한다. 대중으로부터 뜨거운 사랑을 받은 여자 주인공이 다른 여성 인물을 좌절시킬 때, 이 또한

'큰일 좀 하려다 저지른 실수'라고 부를 수 있을까? 일명 '여돕여'가 배반당할 때, 굽어살펴야 할 것들을 말해보고자 한다.

정금자의 또 다른 이름

정금자의 또 다른 이름은 자타공인 하이에나다. 어렸을 적 가정 폭력을 일삼은 의붓아버지는 어머니를 살해하고도 과실치사로 솜방망이 처벌만 받게 된다. 사는 것 자체가 지옥이었던 금자는 자살 시도까지 하게 되고, 이후 홀로 법을 독학하며 아버지를 감옥으로 완전히 보낼 방법을 계획한다. 방법은 이렇다. 아버지의 카드로 살인 도구인 칼을 사고, 아버지 손에 칼을 쥐어 자신을 직접 찌르게 한 것이다. 그렇게 의붓아버지는 지속적인 학대와 살인미수로 징역 30년을 구형받는다. 법정 안에서 벌벌 떨며 잘못을 외치는 그를 조용히 바라보다가 금자는 깨닫는다. 법만이 자신을 수호해 준다는 것을. 자신에게 권력을 안겨줄 수 있는 유일한 건 법이라는 것을.

돈이 없어 대학을 가지 못한 금자는 사법고시로 변호사가 되어 돈 많은 고객을 잡고자 했다. 일종의 생존 전략이었다. 동네 건달과 깡패부터 재벌 3세까지 가리지 않고 사건을 도맡았고, 법과 불법, 도덕과 부도덕 사이를 아슬아슬하게 오가면서 어떻게든 승리를 거머쥐었다. 돈을 벌기 위해서라면 아무것도 가리지 않았다. 그렇게 금자는 조금씩 유명한 변호사가 되었다. 대기업 '이숨 홀딩스'의 대표 하찬호를 자신의 고객으로 포섭한 것도 하찬호의 아내를 변호하던 두 부부의 이혼 소송 중에서였다. 하찬호는 자신에게 손해였지만 어떻게든 소송 결과를 뒤집고 마는 정금자를 보고 결국 그를 고용한다. 세상에 존재하는 모든 법을 이용해서, 혹은 음지의 논리까지도 끌어모아서 승리를 가져다주는 대리인이기 때문이다. 본인의 능력을 의심하는 이를 만날 땐 정금자는 하대하는 눈빛으로 비웃듯 말한다. "하이에나 똥이 왜 하얀지 알아? 썩은 거든 산 거든 뼈째 씹어 먹거든."

문제는 여기서부터다. 이숨 홀딩스 후계자 하찬호는 비서와 변호사를 곁에 달고 살았다. 술과 약에 중독된 삶이 순탄할 리 없었고, 크고 작은 사건이 끊임없이 잇따랐다. 그런 그에게 가장 치명적인 약점이 있었으니 바로 내연녀 서정화였다. 하찬호는 서정화가 자신의 뜻대로 하지 않으면 폭력과 감금을 일삼았다. 그때마다 서정화는 일주일간 아무것도 먹지 않고 쓰러져야만 앰뷸런스의 힘을 빌려 집 밖으로 나올 수 있었다. 대기업 후계자 자리를 노리는 하찬호 누나 하혜원은 서정화에게 하찬호를 고소할 것을 설득했고 서정화도 드디어 그의 그림자에서 벗어날 수 있는 듯했다. 하지만 놀랍게도 고소는 취하되었고 승리는 이 모든 걸 계획한 정금자의 몫으로 돌아가고 만다. 서정화가 변화보다는 현 상황을 유지하기로 선택한 것이다. 내막은 이러했다. 병원에 입원한 서정화를 찾아간 정금자가 단호한 목소리로 설득했다. “당신 그러다 죽어. 그러니까 정신 차려. 지금 이깟 소송 하나가 문제가 아니야. 단순히 헤어지자고 했는데도 그 난리를 쳤던 하찬호야. 감옥에 가면 얼마나 살 것 같은데? 하찬호가 감옥에서 평생 살 것 같아? 그때부터 다시 지옥이 시작되는 거야.”

잠깐, 정금자의 말이 불현듯 혼란스럽다. 데이트폭력 가해자의 그늘막을 과연 안전지대라고 할 수 있을까. 서정화는 누군가의 보호가 몹시 필요했고, 법의 제도적 장치라면 더더욱 절실했다. 하지만 정금자마저 이를 외면하면서 그의 곁엔 오로지 포악한 하찬호만이 곁에 남게 되었다. 게다가 극은 서정화가 고소를 포기하기로 마음을 돌린 과정을 대반전 서스펜스로 연출하면서 정금자의 뛰어난 능력치로 표현했다. 단순히 상대측에 한 방을 먹였다고 환호하기엔 이해하기 어려운 부분이 많았다. 무엇보다 극 중 마지막 사건은 안타깝게도 하찬호에 의한 서정화 살인 사건이었다. 그는 결국 호텔의 차가운 바닥에서 무력하게 죽음을 맞이하고 말았다. 어쩌면 처음부터 예정되었는지도 모를, 외로운 여자의 죽음을 우리는 어떻게 받아들여야 할까. 그의 죽음을 처음 목격한 정금자는 서정화 죽음에 자신의 몫이 있다며 큰 죄책감을 느꼈고, 진짜 살인범이 누구인지 찾아내고자 했다.

최소한의 배려, 최대한의 기억

따지고 보면 정금자가 서정화를 죽인 건 아니다. 심지어 정금자는 서정화의 억울함을 풀기 위해 진범까지 찾아냈고, 자신의 행동이 만든 결과와 죄책감을 명확하게 인지한 유일한 인물이었다. 가정 폭력 피해 경험에서 완전히 벗어나지 못한 자신을 통해 서정화의 고통과 외로움을 누구보다 잘 이해하기도 했다. 그럼에도 이 억울한 죽음에 누구도 자유로울 수는 없다. 드라마는 시종일관 서정화를 하찬호의 집착 대상과 이슘 홀딩스 후계 싸움에만 이용했고, 마지막 진범을 찾고 나서도 서정화에 대한 안타까움을 표하기보다는 또 다른 승리를 거두었다는 데에만 초점을 두었기 때문이다. 명랑한 자축 속에 죄책감은 쉽게 사라졌다.

수많은 여성이 한국형 누아르에 지루함을 느끼는 이유는 여성을 하나의 장치와 수단으로만 이용하기 때문이다. 피해자가 맥락상 등장할 수는 있지만 너무 쉽게 죽고 너무 쉽게 잊힐 때 또 다른 무력감을 안겨준다. 여성들은 이런 감정 소모에 너무 익숙하다.

정금자는 결코 여성을 좌절시키는 인물이 아니다. 정금자의 비서 이지은이 과거 가정폭력에 시달리다 생활고에 못 이겨 목숨을 끊으려 했을 때, 그를 구해낸 건 정금자였다. 또 남자 주인공인 윤희재와 삼각관계를 형성할 뻔했던 부현아 변호사와의 어색한 관계에서도 능력만을 우선으로 여겨 직접 스카우트에 나서기도 했다. 〈하이에나〉가 정금자를 더욱 정금자답게 만들기 위해서는 서정화와 정금자의 관계를 더욱 촘촘하게 배려해야 했고, 정금자가 서정화를 기억할 기회를 주어야 했다. 물론 〈하이에나〉는 여성 서사에 큰 의미가 있다. 비리와 척결이 팽팽하게 맞서 싸우는 가운데 성비 균형이 잘 잡혔고, 배우 김혜수에게서 지금껏 보지 못한 새로운 캐릭터를 발견하는 즐거움도 컸기 때문이다. 다만 주인공에게 화려한 성공 서사를 부여하느라 놓쳐버린 최소한의 배려와 이해를 점검해야만, 비로소 외로운 피해자를 깊이 애도할 수 있을 것이다.

다음의 물음표

Q1. 피해자로 나오는 등장인물은 대개 이름 없는 단역이거나 조연일 가능성이 높다. 극의 비중이 높지 않은 인물임에도 그의 사고를 되새기고 애도하는 일이 우리에게 왜 필요할까? 이런 경험이 현실에 어떤 작용을 일으킬 수 있을까?

Q2. 극 중 다른 여성을 좌절시키는 여성 인물이 등장할 때, 무조건적인 두둔이나 비난을 예방하기 위해 가져야 할 최소한의 기준은 무엇이라고 생각하나?

고등래퍼 3

이영지가 이영지했다

TV 속이 남자 천지라는 말에 억울함을 표하는 남성들을 종종 마주친다. 뛰어난 사람이 그뿐인데 어떡하냐, 누구누구도 나오는데 무슨 여자가 안 나오냐, 근래엔 이영자·박나래·김숙이 대상을 받았잖냐, 까지. 하지만 남성중심적 점유율은 단순히 양적인 면을 넘어서 질적인 면까지 지배하고 있다. 이를테면 부엌을 여성의 전유물로 여기던 풍토는 남성 셰프의 등장과 동시에 온데간데없이 사라지고, 오직 요리하는 남성만을 조명했다. 그뿐인가? 낙태죄 위헌 여부를 발표하던 2019년 4월 11일에는 YTN에서 남자 셋이 두런두런 모여 낙태죄에 관해 토론하는 모습을 방송했다. 여성이 주체가 되는 이야기에 전문성을 덧칠하면 남성의 자리가 만들어졌다.

언프리티고 프리티고 뭣이 중헌데

이런 위화감은 힙합에서도 빗겨나가지 않는다. Mnet의 〈언프리티 랩스타〉는 래퍼 참여자를 제외한 사회자, 심사위원 모두 남자다. 여성 래퍼를 한데 모아 그들만의 열띤 리그를 보여주고 싶었던 모양이지만, 어째서 그들의 운명을 결정하는 것은 남자일까. 게다가 웬 '언프리티?' 〈쇼미더머니〉는 당찬 명령문인데, 〈언프리티 랩스타〉는 제목부터 외모에 관한 수식어로 시작한다. 물론 그렇다고 〈쇼미더머니〉가 크게 나은 것도 아니다. 시작과 동시에 남성 래퍼의 범람이고, 손에 꼽힐 정도로 몇 안 되는 여성 래퍼들도 회차를 거듭할수록 줄어들다 이내 사라지고 만다. 그리고 남성 래퍼가 1위 해서 오래오래 행복하게 살았더라는, 지루하고 평범한 결말만이 기다릴 뿐이다.

버닝썬 사태에 대해 남성들이 했던 말을 기억한다. "남자들끼리 단톡방 있을 땐 보통 다 그렇게 말하지 않나?" 그들의 말마따나 남성의 세계가 그렇다면 힙합씬에서 주옥 같은 여혐 가사가 통용된 이유를 알 법도 하다. 여자들이 산부인과처럼 다리를 벌리고(송민호), '타이거 JK' 마누라 거는 내 '미래'에 비하면 아스팔트 위에 껌딱지고(블랙넛), 편식 안 하는 이유는 김태희처럼 '비 위'가 좋고(서출구). 남자의, 남자에 의해, 남자를 위해 만들어진 판 안에서 여성들이 얼굴을 조금 내민다고 그게 과연 남자 판이 아닌 걸까. 실력이 안 되니까 여자들이 없는 거라고? 이거야말로 말이 안 된다. 세상에 어떤 일이 특정 성별만 잘할 수 있나. 없는 게 아니라 안 보이는 거겠지.

영지의, 영지에 의해, 영지를 위해

Mnet의 〈고등래퍼 3〉는 2019년 2월에 시작해 8회를 마지막으로 끝이 났다. 시즌3 대망의 우승자는 바로 이영지. 그의 등장은 아주 놀라웠다. 낮고 묵직한 톤, 정확한 딕션 그리고 깊은 성량까지 랩을 전달하는 데 부족함이 없어서 연습한 지 반년밖에 되지 않았다는 사실을 사람들은 믿기 어려워했다. 심사위원으로 등장한 남성 래퍼들을 비롯해 많은 참여자가 그의 첫 싸이퍼 무대를 보며 충격 반, 환호 반의 반응을 보이기도 했다.

하지만 여성 래퍼의 좁은 입지는 미성년 래퍼에게도 동일했다. 멀찍이서 보아도 여학생은 드물었다. 그런 이영지에게는 남학생 래퍼와 달리 관문이 하나 더 주어졌다. 바로 소년 래퍼들에게 인정받는 것. 첫 대면에서 이영지를 만난 남자아이들이 말했다. "넥타이를 너무 세게 맨 거 아니야? 힙합 할 때는 넥타이는 풀어줘야지." "넌 힙합이 아니네." "힙합은 네가 이해하긴 살짝 어려워." 이영지에 대한 정보가 절대적으로 충분하지 않은 상태에서 아이들은 어떻게 이영지가 힙합을 잘 모른다고 확언할 수 있었을까. 그들에게 주어진 정보라곤 딱 하나, 성별이었다. 물론 이영지는 그런 질문에 일희일비하지 않았다. 오히려 "아, 어디서 배운 거야? 그런 힙합?" "난 힙합이 아니야?" "너무 어렵다. 다시 배워야겠다."라며 능청스럽게 응수했다. 더 많은 여성이 TV 앞에 등장해야 하는 많은 이유 중 하나가 바로 여기에 있다. 이영지가 맨스플레인과 타인의 평가를 대하는 유연한 태도가 파급력을 타고 또 다른 동성 친구들에게, 혹은 더 어린 여자아이들에게 가닿기 때문이다. 물론 응수를 잘 못하더라도 그것이 피평가자의 잘못은 아니다. 하지만 공격을 받아칠 전략이 다양하다는 것을 아는 것과 모르는 것엔 큰 차이가 있는 법이다. 심지어 아무도 가르쳐주지 않은 것을 이영지는 스스로 터득해 보여주었다. 저 또박또박한 발음과 우렁찬 목소리로. 힙합이 저항 정신에 비롯한 문화라면, 이영지는 자신의 존재로서 힙합을 증명한 셈이다.

그 많던 충성심은 어디로 사라졌나

경연 프로그램의 경우 우승만큼 우승 이후도 중요하다. 다른 래퍼 우승자가 그랬듯 이영지도 명성과 부를 누릴 수 있어야 한다. 하지만 이영지가 1위를 하고 난 뒤 대중의 반응은 싸늘했다. 유튜브에는 우승곡 〈GO HIGH〉의 이영지 제거 버전이 올라왔고, 전례 없는 투표 방식 의혹이 제기되었다. 그러면서 이런 프로그램 후기가 몰려 올라왔다. '고등래퍼는 2가 레전드지. 3은 이영지도 딱히. 재미없어서 보다가 하차했음.'

지금까지 오디션 프로그램이나 경영 프로그램에서 '재미없음'을 경연자의 탓을 돌렸던 사례가 있었던가? 그러니까 〈슈퍼스타K〉가 재미없어서 서인국 탓을 하고, 〈쇼미더머니〉가 지루해서 비와이 탓을 했냐는 말이다. 심지어 그는 〈슈퍼스타K〉, 〈쇼미더머니〉, 〈고등래퍼〉를 통틀어 나온 첫 여성 우승자다. 가뭄에 콩 난 귀한 우승자의 목소리를 지우고, 갑작스런 투표 의혹을 제기하는 건 의도가 투명하다고밖에 할 수 없다.

제삼자의 입장으로 보면 힙합은 마니아층이 아주 두터운 문화로 느껴진다. 유난히 사건사고가 많지만 래퍼들은 언제나 인기 있고, 순금과 명품을 러닝셔츠처럼 가볍게 휘두르고 있기 때문이다. 그렇다면 더 궁금해진다. 왜 이영지에 관해서는 그 충성심에 유독 금이 가는 건지. 여자들이 다리를 벌리고, 계집애들이 나한테 환장한다는 가사엔 재미없단 말을 들어본 적이 없다. 이 '선택적 재미있음'의 근간은 도대체 어디서 시작된 걸까. 여성을 대상화·타자화하지 않고는 힙합하는 방법을 모르는 몰지각에서 비롯한 걸까. '대상화'가 여성을 그저 섹슈얼한 존재로만 그려낸다면, '타자화'는 주체성을 박탈시키고 우리 무리에 어울리지 않음을 부각해 소외시킨다.

〈고등래퍼 3〉의 시청자 반응이 옹색하게 느껴지는 이유도 그렇다. 시청자들은 이영지를 '나보다 힙합을 잘 알거나 잘할 리 없는 대상'으로 치환하여 업계의 구석으로 몰아가 어디에도 속할 수 없도록 만들고 싶어 했다. 컴퓨터 배경화면에서 분류하기 어려운 파일만 담아두는 '기타' 폴더처럼.

Mnet 힙합 시리즈 프로그램 중 난데없는 우승자 배척을 두고 '왕관의 무게'라는 말로 합리화하는 건 결국 (우승 연도 기준) 열일곱 살에게 모든 비난을 불만 없이 수용하라는 말과 같다. 아는 것보다 모르는 게, 모르는 것보다 궁금한 게 더 많은 나이에 이 모든 것을 짊어지라고 하는 건 가혹하다. 나중엔 이영지를 제외한 여집합만 조명하려고 작정했는지 이영지의 스승 코드 쿤스트에게 "코쿤이 코쿤했다"고 말하더라. 곡이 중요한 요소지만, 정말 곡만 좋다고 우승을 거둘 수 있는 것인가? 힙합이 그렇게 허술한 장르인가? 이 우승의 가장 주된 요인은 이영지가 이영지했다는 사실, 그것뿐이다.

다음의 물음표

Q1. 지금까지 당신의 능력치를 입증하기 위해 받았던 질문을 꼽아보자. 그 질문은 반드시 필요한 것이었나? 그게 아니라면 질문이 왜 등장했다고 생각하나?

Q2. 경연 프로그램에서 젠더 문제를 해소하기 위해 가장 필요한 요소는 무엇이라고 생각하나? 그걸 실행하기 위해서는 어떤 장치·환경이 필요한가?

Q3. 불편하지 않았던 힙합 곡이 있다면 무엇을 꼽고 싶은가? 그 곡의 어떤 점이 청취 안정감을 북돋는가?

2장

잘 살고 싶은 마음이 퍼져나갈 때

연애의 참견

우리는 곽정은이 필요하다

시작은 N포였다. 경제적 불안이 2030세대의 연애나 결혼, 내 집 마련을 쥐고 흔들었다. 포기한다기보다는 '포기되다'라고 표현하는 게 더 자연스러웠다. 그리고 2015년 이후, 페미니즘이 이곳저곳으로 퍼져나가면서 많은 여성이 비연애·비혼·비출산을 선언하기 시작했다. '비(非)'는 '포(抛)'와 많이 달라 보였다. 타의에 의한 절념이 아니라 가부장적인 연애 시장에서 벗어나겠다는 능동적인 선언에 가까웠기 때문이다. 연애 과정에 교묘하게 침투하는 가스라이팅과 일상적인 데이트폭력, 성인 여성에게 유아퇴행적 태도를 당연시 요구하는 암묵적·수직적 관계. 많은 여성은 의심 없이 받아들였던 연애 노선으로부터 조금씩 이탈하기 시작했다.

연애를 시작한 이후뿐만 아니라 관계를 형성하는 과정에서 문제를 발견하는 이들도 적지 않았다. 이성을 잠재적 연애 대상으로 바라보는 관점은 자연스럽게 얼평·몸평 문화를 만들었고, 꾸미지 않는 여성에게는 사회적 규범을 어긴 양 쉽게 농담을 던졌다. 그렇게 연애를 따분해하는 여성들이 늘어났다. 남성에게 사랑받아야 진정한 가치가 있는 사람처럼 여기는 분위기가 싫어 애초에 연애 자체를 안 하기로 선택한 것이다. KBS Joy 〈연애의 참견〉은 사연 신청자의 이야기를 바탕으로 패널들에게 조언을 구하는 프로그램이다. 연애와 결혼에 회의적인 사회 분위기 속에서 연애 상담 프로그램이라니. 대중의 흐름을 감지하지 못한 것 같아 못마땅한 마음이 들던 찰나, 그가 등장했다. 바로 곽정은이다.

곽정은이라는 중심축

곽정은의 말과 이야기가 대중의 이목을 사로잡은 것은 JTBC 〈마녀사냥〉에서부터였다. 〈마녀사냥〉과 〈연애의 참견〉이 연애사라는 공통분모를 갖고 있어 비슷한 프로그램처럼 비칠 수 있지만 방향성은 제법 다르다. 〈마녀사냥〉이 연애를 남성중심적 엔터테인먼트의 일환으로 해석했다면, 〈연애의 참견〉은 연애라는 소재 안에서 피상담자의 인생 전반을 점검해 주기 때문이다. 그래서 같은 카테고리에 속해 있어도 각

프로그램을 보는 시청자의 마음가짐은 달라질 수밖에 없다. 이를테면 〈마녀사냥〉은 '낮져밤이', '낮이밤져' 등 유행 밈을 만들어 내며 섹스 이야기를 더 이상 부끄러워하지 않도록 북돋았지만, 모든 사람에게 이 짓궂은 질문을 농담으로 내세우며 어떻게든 답을 얻어내는 건 성희롱에 가까웠다. 프로그램이 한창이던 때에는 대학교나 동아리 신입생 환영회에서 이러한 질문을 거부하고 싶어도 거부할 수 없어 곤욕스러웠다는 경험담이 끊이지 않았다. TV 안의 모습처럼 화기애애한 분위기를 이어가지 않으면 눈치 없이 분위기를 망치는 사람이 되어버리는 것이다. 반면 〈연애의 참견〉에서는 연애를 자기 극복의 경험으로 이야기한다. 상대방을 향한 불만을 말로 꺼내기까지 얼마나 노력했는지, 나를 좀먹는 관계를 스스로 벗어나려면 얼마큼의 용기가 필요한지, 관계의 경고 신호는 어떻게 오는지. 한마디로 표현하자면 〈마녀사냥〉은 여느 남자들 술자리에서 오가는 섹슈얼한 유머와 겹쳐 보이고, 〈연애의 참견〉은 심리상담소에 앉아 고민을 고백하는 것만 같다. 그리고 이 차이는 곽정은이 메인 패널로 있는지 없는지에 달려 있었다.

곽정은이 사연에 접근하는 방식은 이렇다. 개입 없이 천천히 듣다가 사연자의 상황에서 한 번 생각하고, 사연자 상대방의 입장에서 또 한 번 생각한다. 눈치가 예리해서 그의 조언은 매사 치명적이다. 무엇보다 그는 사연자의 성별을 강조하지 않는다. 사연자의 연애 역할을 멋대로 재단하지 않으며, 연애가 이래야만 한다고 강요하지 않는다. 다만 그 사람이 스스로에게 집중하도록 유도한다. 곽정은이 자주 하는 말은 이런 것들이다. "다시 돌이켜 봐라", "무엇이 중요한지 생각해 볼 시간을 가져라", "강한 결단을 내려야 하고, 지금이 바로 그때인 것 같다." 이런 말을 듣다 보면 그가 사연자부터 이끌어 내고 싶은 게 무엇인지 알 수 있다. 다른 외부 요소를 하나씩 지워나가고 나만 남기는 행위를 경험함으로써 내가 이 관계에서 진정으로 행복한가 판단하게 하는 것이다. 그를 통해 비로소 사연자들은 나를 되돌아보는 시간을 갖게 된다.

단연코 내 편이 절실하다

〈연애의 참견〉 시즌3 36회에서는 곽정은이 강단을 십분 발휘하는 모습을 발견할 수 있다. 사연의 내용은 이렇다. 캠퍼스 커플이 된 지 2년 차에 군대에 간 남자친구. 그 뒤로 1여 년의 시간이 흐르는 동안 남자친구의 감시는 갈수록 심해졌다. 화장부터 옷까지 걱정을 핑계로 간섭하고, 일방적으로 사연자에게 통금 시간을 부여했다. 자신이 핸드폰을 반납해야 하는 9시가 다가와도 사연자가 밖에서 친구를 만나고 있으면 그 장소로 콜택시를 불러 강제 귀가를 시키기도 했다. SNS

에 사진을 올릴 때마다 "오늘 모임에 남자 있다고 말 안 했잖아. 이거 보면 전화해" 하는 식의 감정 상한 댓글을 공개적으로 남기는 것도 다반사고, 전화가 안 닿으면 자신의 친구를 집으로 보내 사연자의 상태를 확인하게 했다. 취업 스터디를 해보려고 친구들을 모색하려 하면 친구들이 사연자 남자친구의 간섭이 힘들다며 피하기 일쑤다. "그만 좀 해. 너 때문에 나 애들 사이에서 왕따야!"라고 말해보지만 남자친구는 그저 "난 하루 종일 자기 걱정뿐이야"라는 말만 반복할 뿐이다. 심지어 친구를 돈으로 꾀어서 사연자를 미행시키고 몰래 사진을 찍어 보내도록 요구하기까지 했다. 상황은 심각했다.

2018년, 서울시여성가족재단이 서울 거주 여성 2,000명을 대상으로 진행한 데이트폭력 피해 실태조사에 따르면 그중 88.5%가 데이트폭력을 경험했다고 말했다. 10명 중 9명에 달하는 상당한 수치다. 폭력의 유형도 일상적으로 교묘하게 침투하는 '행동통제'가 81.6%로 가장 큰 응답을 얻었다. 누구와 함께 있는지 매사 확인하고 옷차림과 화장을 검열하는 등 개인의 자율권을 제한하는 것이 바로 행동통제다. 이 설문조사 결과를 해석하면, 연애 이후 여성들에게 남아 있는 거라곤 자책을 부추기는 행동 검열과 주변 사람과의 단절뿐인 것이다. 조금 더 넓게 보자면 이 통제욕구는 여성의 커리어에도 영향을 미쳤다. 회사에서 동료들과 관계를 구축할 자리는 모두 기피하게 하고, 자기계발 목적의 소설 클럽도 이성이 있다는 이유 하나만으로 나갈 수 없도록 옥죄었기 때문이다. 그들은 이 모든 것을 사랑이라는 명목으로 흔들었다. “네가 너무 예뻐서 불안해”, “널 사랑하니까 어쩔 수 없어”, “너를 못 믿는 게 아니라 남자들을 못 믿는 거야.”

에피소드가 이어지던 중 서장훈이 중간 질문 하나를 건넸다. “군인이라는 특수한 상황을 감안한다면 이해가 가나요?” 갑자기 군대요? 누가 봐도 데이트폭력 가해가 있었고, 사랑이 아니라 스토킹이었다. 군대는 가해자의 현재 여건일 뿐이지 그것이 모든 행동통제를 설명할 수는 없다. 이 질문에 깔린 배경이 성립하려면 군대에 간 모든 사람이 그처럼 행동해야만 했다. 이어 서장훈이 덧붙인다. “군대와 똑같은 건 아니지만 선수 시절에 합숙하면 숙소에 갇혀 있어야만 하거든요. 그런데 여자친구가 밖에서 자유롭게 다니잖아요. 저는 그렇게 못 하고. 그것에 대한 위축과 불안은 조금 있어요.” 언뜻 두 연인의 문제를 불식시키는 말처럼 들리지만 질문 하나만 던져보면 답을 쉽게 알 수 있다. 이 말은 궁극적으로 누구에게 도움이 되나? 너무 사랑한 나머지 불안했을 뿐인데 스토커라는 오해를 산 가해자? 나도 모르게 주변 관계가 끊기고 불법 촬영과 미행에 시달린 피해자?

곽정은은 단도직입으로 조언을 시작했다. “상황이 전과 달리 바뀌어서 남자친구도 일시적으로 그러는 걸 거야, 라고 생각하지만 아니에요. 원래 통제적이고 지배적인 성격이 강했는데 이제서야 대놓고 드러나는 거죠. 옷차림, 귀가 시간, 연락이 잘 안 닿으면 사고 칠지도 모른다는 협박, 주변인 포섭. 전부 데이트폭력의 전조 증상이에요. 절대 이 사인들을 사랑이라고 착각하지 않으면 좋겠습니다." 그의 조언 안에는 가해자를 이해하려는 기색은 조금도 보이지 않고, 불안을 이유로 들지도, 사연자 탓을 하지도 않았다. 전적으로 나의 편이 필요한 이유라면 이런 게 아닐까. 내가 잘못한 게 아니라는 것을 아는 순간, 또 내 문제를 이해하는 이가 있다는 것을 아는 순간, 비로소 그 굴레에서 스스로 나오게 될 테니까. 그리고 그곳에 원래 내 것이었던 자유가 있으니까.

그다음 길을 찾는 법

연애가 마냥 무의미한 것은 아니다. 내가 아닌 다른 사람이 되어보는 가장 강렬한 경험이자 극도의 불안과 안락이 공존할 수 있다는 걸 알게 되는 고유의 순간이니 연애를 통해 인간은 스스로 무한대로 확장해 나간다. 하지만 자와 타의 경계 위에서 둘이 결코 하나가 될 수 없다는 사실을 인정하기까지 상대방을 끊임없이 갈망하고 열망한다. 온전히 감정만 남는 행위에 영악한 폭력적 전략이 가미되면 걷잡을 수 없이 소용

돌이에 휩쓸려 결국 나를 잃고 만다. 이따금 삶의 주인이 바뀌기도 하고, 이상을 감지하더라도 스스로 외면하고 모른 척한다. 사랑은 원래 부딪히고 아파하면서 깨닫는 거야, 라는 말로 얼마나 많은 여성이 갇혀 지냈나. 그게 정말 사랑이라면 좀 몰라도 된다. 곽정은이 언제나 따뜻한 말만 전하는 건 아니다. 냉소적이고 차가운 목소리로 사연자와 상황을 다그칠 때도 있고, 화가 날 땐 손사래를 치며 영상 시청을 거부할 때도 있다. 단언하는 것을 최대한 피하면서도 "헤어지기 딱 좋은 때네."라며 주저하지 않고 말하기도 한다. 반대로 사연을 다 보지 못하고 눈물을 흘리거나, 조언하던 중 목이 메어 말을 다 잇지 못할 때도 있다. 혹자는 곽정은에게 감정적인 사람이라고 할 수도 있겠다. 하지만 그만큼 상대에게 이입이 출중한 사람이 또 어디 있을까. 진중한 공감이 있기에 그의 냉소도, 눈물도, 조언도 개연성과 신뢰를 얻는다.

그간 물리적, 언어적 영역을 넘어 정서적 학대까지 가닿는 데이트폭력이 여성들을 따라다녔다. 그리고 여전히 그 순환과 고리에서 벗어나지 못하는 이들도 많을 것이다. 딱 한 발자국 어치의 용기가 필요한 그들에게 곽정은의 말을 빌려 전한다.

"그 사람과 나를 동기화시키면 나를 밀고 들어가서 내가 사라져 버리거든요. 그 사람에게 화를 내야 할 때에도 결국 나에게 화를 내는 것이라 화도 못 내고요. 하지만 이 고리는 내 손으로 어떻게든 끊어야 해요. 그러면 그 이후에 또 다른 가능성과 길이 열려요. 내가 스스로 끊어봤거든."

다음의 물음표

Q1. 연애 상담을 주요 소재로 다루었던 예능을 꼽아보자. 프로그램별로 '연애'에 접근하는 태도가 어떻게 달랐는지 비교한다면? 자신의 가치관에 가장 부합한 방식과 그 이유는 무엇인가?

Q2. 과거의 나를 만나 연애 조언을 하게 된다면, 가장 중요한 세 가지로 무엇을 전달하고 싶은가? 현재 당신이 중요하게 여기는 가치관을 꼽아 정리해 보자.

검색어를 입력하세요 WWW

모든 길은 배타미로 통한다

회사란 동일한 카테고리 안에서 공동의 목표를 위해 다양한 사람들이 힘쓰는 곳이다. 저마다 다른 배경과 경험이 모인 만큼 그 과정이 매끄럽기만 할 수는 없는 법. 좁혀지지 않는 의견 차이, 팽팽한 기 싸움, 재빠른 수지타산, 적당히 치고 빠지기 등이 회사 생활을 고달프게 만든다. 문제 없는 회사는 존재하지 않고, 어딜 가든 이상한 사람이 있다는 것을 '괴짜 질량보존법칙'이 증명해 준다. 그럼에도 직장 내 여성 비율이 높으면, 문제의 원인이 '다수의 여성 포진'에서 비롯된다고 우기는 풍경을 흔히 볼 수 있다. 특히 시기, 질투, 괴롭힘, 따돌림 등은 '여초 회사의 특징'이라고 꼽힌다. 하지만 그것들은 오로지 남자만 있는 곳에서도 여전히 문제 되는 일이다. 성별

과는 완전히 무관하다.

남초 직군에 말다툼이 일거나 대립 구도가 만들어지면 성과를 위해 불가피한 충돌로 받아들이면서, 왜 여초 사회의 균열은 인성 부족으로 연결하는 걸까. '감정의 문제화'를 생각해 보면 답을 크게 두 가지로 정리할 수 있다. 첫째, 아주 중요한 일을 하는 와중에도 여자는 친절을 유지해야 한다고 믿기 때문에. 둘째, 감정적인 여자들은 유전적으로 공사 구분을 못하고 쉽게 기분을 노출한다고 믿기 때문이다. tvN 드라마 〈검색어를 입력하세요 WWW(이하 검블유)〉에는 일밖에 모르는 일이 가장 중요한 여자 세 명이 등장한다. 흡사 성과 중독에 가까워 보이는 이들은 고집은 또 어찌나 센지 동료들과 자주 충돌하고 싸운다. 정말 일하는 여자들의 싸움은 감정적이기만 하고 무의미한 것일까? 다른 건 다 몰라도 이거 하나만큼은 알겠다. 동료를 미워하려거든 이들처럼만 미워하고 싶다.

난 무조건 당신에게 반대야

〈검블유〉는 양대산맥으로 꼽히는 두 인터넷 포털 사이트를 배경으로 이야기를 진행한다. 명불허전 1위 '유니콘'과 그를 바짝 쫓는 만년 2위 '바로'의 점유율 싸움이 주요 소재다. 일상 속에서 무의식적으로 이용하는 포털사이트가 우리 삶에 어떤 영향을 미치고, 나아가서는 이용자의 행동을 어떻게 조종하는지 보여준다. 그중 기획본부장 배타미는 유니콘의 대중적 장악을 이끌어 낸 중심인물이다. 그는 아주 똑똑한 책략가다. 계획으로부터 몇 수를 앞서 볼 줄 알고, 성취 과정에 필요하고 필요하지 않은 게 무엇인지 정확히 알고 있다. 이토록 능력이 출중하건만 놀랍게도 회사로부터 해고 통보를 받게 된다. 대통령 선거 토론회 이후 유니콘에서 연관 검색어가 삭제됐는데, 그와 관련해 청문회에 배타미가 참석하게 된 것이다. 위에서 시켜 억지로 참가한 것도 모자라 이미 대본까지 짜여 있었다. 둘째가라면 서러울 정도로 고집이 센 배타미는 성에 못 이겨 마음대로 말해버렸고 그대로 회사에서 쫓겨난다.

그렇게 백수가 될 그가 아니다. 배타미는 유니콘을 바짝 추격하는 바로로 이직할 것을 결심한다. 그러나 그에겐 또 다른 문제가 있었다. 바로 차현이다. 차현은 유니콘 출신인 배타미가 마음에 들지 않는다. 머릿속에 상생이나 공존은 없고, 이기거나 지는 것뿐인 배타미의 가치관이 자신과 안 맞기 때문이다. 어느 날 둘 사이의 첨예한 대립 끝에 배타미의 전략이 큰 성과를 얻게 된 후, 타미가 묻는다. "아직도 내 의견에 반대입니까?" 그러자 차현이 답한다. "네. 미리 말씀드리면 앞으로 우리 회의에 만장일치란 없을 겁니다. 난 타미 의견에 반대만 할 겁니다. 일리 있는 의견이라도 반대 입장에 서서 진심으로 반대할 겁니다. 목표에 눈이 멀어서 무시하고 갈 모든 위험에 대해 알리고, 브레이크를 걸고, 일어날 수 있는 모든 부정적인 일을 강조할 겁니다. 앞으로도 미친 말처럼 날뛸 게 뻔한데 누군가는 고삐를 잡고 있어야 하지 않겠어요? 그러니까 내 동의 구하지 마요. 난 언제나 타미 의견에 반대니까."

무조건적인 반대만큼이나 감정적인 게 있을까. 더구나 이런 '여적여' 구도는 여초 집단의 누명 중 가장 대표적인 것이었다. 그래서 불편했냐고? 전혀! 여적여는 무슨. 오히려 이 대화를 통해 시청자는 차현과 배타미가 서로의 '보완책'이 된다는 것을 알 수 있었다. 좋은 것은 더 좋은 것이 될 수 있고, 차마 생각하지 못한 문제까지 보듬을 수 있을 거라는 기대까지 높아졌다. 더구나 이 '반대'는 몹시 타당했다. 반대를 위한 반대가 아니라, (차현의 눈에) 완벽하지 않은 배타미가 범할 수 있는 실수를 차현이 아득바득 발견해 낼 거라는 뜻이었다. 언뜻 네가 하고 싶은 대로 내버려 두지 않겠다는 투지처럼 보이지만, 이건 어떻게든 목표가 좋은 방향으로 굴러가도록 함께하겠다는 선포이기도 하다. 늘 동의하고 응원하는 것만이 동료의 일이 아닌 것처럼, 창과 방패의 싸움에도 그들만의 동료애가 있었다.

서로를 돌보는 방식도 늘 그랬다. 차현이 20대를 바쳤던

'마이 홈피' 서비스가 종료된다고 공지한 날, 타미는 회사 앞에서 그를 기다리고 있었다. 짠 하고 나타나서는 차현에게 말한다. "전에 나 구해줬잖아요. 오늘 같은 날은 내가 구해주려고. 술 한잔합시다." 서로에게 빚지기는 죽어도 싫어서 어떻게든 호의를 갚아주는 사이. 다만 그 호의를 상대방이 가장 필요할 때 돌려주는 사이. 누군가는 비즈니스로 엮인 냉정한 관계로 해석할 수 있겠지만, 내 눈에는 조금 달리 보인다. 사적으로 내밀하게 가까워질 것을 선호하지는 않지만, 같은 환경에서 오랜 시간 함께하며 서로의 고충을 온전히 이해할 수 있는 독보적이고 아름다운 관계라고.

사랑이요? 여기서요?

배타미와 차현 그리고 송가경(유니콘 대표이사). 세 여자가 살아가는 세상엔 온통 여자뿐이다. 검블유는 기본 설정값이 여성일 때 세상은 어떤 모습이 될지 촘촘하게 상상해 냈다. 이 말은 여성이 물리적으로 많이 등장한다는 의미를 넘어 이야기를 쥐락펴락하는 권력자 또한 여성이라는 뜻이다. 징계위원회 대부분이 여성이었고, 송가경에게 정치적 비리를 종용한 것도 시아버지가 아니라 시어머니였다. 그 시어머니는 정치인들과의 로비 활동을 직접 주도하고, 취미로 남성 모델의 누드화를 즐겨 그린다. 송가경은 일이 잘 풀리지 않을 때, 기존 누아르 영화가 그랬던 것처럼 룸살롱에 찾아가 남성 직원에게 술을 따르라고 명한다. 극에서 가장 다정하고 친절한 성정을 가진 인물은 바로의 남자 대표 브라이언이다. 지금까지 남녀 각각에게 잘 어울린다고 여겨진 통상적인 것들을 정확하게 반전시켰다. 이야기는 낯섦과 이질감을 전해준다. 그리고 시청자는 왜 이런 모습이 낯설게 다가오는지 의문을 품게 된다.

이로써 디폴트가 여성인 사회는 어떤 모습일지 상상할 수 있었다. 다만 딱 한 가지. 공식 홈페이지에서 드라마를 소개하는 문구가 마음에 걸렸다. "트렌드를 이끄는 포털사이트, 그 안에서 당당하게 일하는 여자들과 그녀들의 마음을 흔드는 남자들의 리얼 로맨스." 아뿔싸. 이제야 여성이 기본 설정인 세계가 만들어졌는데, 또 굳이 러브 라인이 들어간다. 바쁘다 바빠 현대사회에서 거침없는 결단과 실행, 역전과 성공을 보는 것만으로도 벅찬데 굳이 여기에 로맨스를? 게다가 차현은 자신보다 더 높은 우선 순위를 두지 않았고, 배타미는 완고한 비혼주의자였다. 이러한 캐릭터 설정만 봐도 이들에게 사랑이 그렇게 중요한 부분이어야 했을까 의문이 든다. 물론 인생에서 사랑은 중요한 요소 중 하나다. 하지만 연애 감정만이 사랑의 전부가 아니듯, 로맨스만이 30대 여성의 고민을 대변할 리 없다. 커리어 안에서 소재 다양성을 더 발굴할 수는 없었는지 영 아쉽다. 궁금하다. 여성 서사에 러브 라인을 넣음으로써 과연 이득을 보는 게 임수정(배타미)이고, 이다희(차현)고, 전혜진(송가경)일까? 그 멋진 로맨스를 위해서 여자 주인공이 셋이나 있는 드라마에 '남자 주인공' 자리가 생겨버렸는데도?

게다가 어느 것 하나 모자랄 게 없어 보이는 배타미가 박모건과 하룻밤을 보내게 됐을 때, 다음 날 후회하면서 읊조리던 말이 무엇이던가. "스물여덟도 아니고 서른여덟에 이게 무슨 일이야." 과거의 나보다 지금의 나를 더욱 사랑하는 타미가 모건을 만나면서 나잇값을 운운하기 시작한다. 현실 세계에서 좀처럼 찾아보기 힘든 3040 롤모델을 이제야 가상 세계에서 만났는데, 그마저도 연애라는 이름 안에서 자신의 한계를 확인하려 든다면 우리는 어디로 가야 할까.

현실로 넘어올 차례

처음 〈검블유〉를 추천했던 친구가 마지막에 한마디를 덧붙였다. "이거 보다 보면 어떤 생각이 드냐면, 죽어도 성공하고 싶어." 배타미가 유니콘으로부터 해고 통지를 받은 다음 날 회사에 직접 찾아가 경쟁사 이직과 복수를 선언했을 때, 음절마다 실려 있던 그의 힘을 기억한다. 엘리베이터를 타기 위해 홀로 복도를 걸어 나올 때, 묵직하고 결연한 표정도 잊히지 않는다. 회사에 따라 나의 성공 여부가 바뀌는 것이 아니라, 나의 거처에 따라 회사의 운명이 바뀐다는 자세와 자신감. 정말이지, 배타미처럼 성공하고 싶어진다.

극이 끝나고 나면 그때부터 우리 주변이 눈에 들어오기 시작한다. 현실 속 IT업계 남녀 직원 비율은 결코 〈검블유〉 같지 않다. '지속가능발전소'에 따르면 네이버의 경우 2021년 3월 기준, 여성 임원 비율은 14.29%이고, 전체 직원 대비 여성 직원의 비율은 35.94%다. 두 지표 모두 업종 평균인 각각 3.1%와 28.99%보다 높게 나타났다는 설명이 붙어 있다. 씁쓸하고 쓸쓸한 마음이 든다. 이런 환경에서 우리에게 성공 욕구를 전해준 세 여자가 정말 실존할 수 있을까? 배타미, 차현, 송가경을 현실에서 만날 수 있을까?

다음의 물음표

Q1. 〈검색어를 입력하세요 WWW〉의 성별 반전 중 가장 낯설게 다가온 것은 무엇인가? 당신이 처한 현실에서 어떤 점과 다른가? 그 차이는 왜 생긴다고 생각하나?

Q2. '여자의 적은 여자다'라는 낡은 명제를 완전히 깨버렸던 콘텐츠를 떠올려 보자. 여자의 적은 여자가 아니라는 사례를 대중에게 반복해서 노출하는 게 왜 중요하다고 생각하나?

신입사관 구해령

가장 거짓되고 가장 진실된

사람들은 자신의 이름에 제 얼굴을 준다. 관련된 두 단어를 연결하는 퀴즈처럼 나의 존재는 이름과 일대일로 매칭된다. 이름이라는 명사가 '무엇이라고 말하다'라는 뜻의 동사 '이르다'에서 파생된 것을 생각해 보면, 명칭만으로도 부르는 사람이 대상을 어떤 마음으로 바라보는지 가늠할 수 있다. 결국 이름을 듣고 당사자를 떠올리는 일이란 그의 유일함을 되새기는 것과 같다.

영화 〈콜레트〉에서는 남편을 대신해 글을 쓰던 콜레트가 책 위에 남편 이름을 지워버리고 자기 이름을 적을 때, 비로소 진짜 나를 감각하게 된다. 영화 〈모아나〉의 모아나는 "나는 모투누이의 모아나야(I'm Moana of Motunui)."라며 자신을 항상 소속 집단으로서 설명하곤 했지만, 본인의 잠재적 가능성을 깨달았을 때 외친 첫마디는 바로 "나는 모아나야(I'm Moana)!"였다. 이름으로 자아를 인지한 이 둘은 타인과 확실히 구별되는 경계선을 깨닫고 생애 유일한 확신을 갖게 된다. 어떤 것도 나를 대체할 수 없다는 것, 그리고 이 이름 안에는 오직 나만이 존재한다는 것을.

살다 보니 이런 장면도 본다

MBC 드라마 〈신입사관 구해령〉은 나이가 든 채 여성 사관이 되어버린, 조선시대 가부장사회에서 쓸모를 찾을 수 없는 '구해령'의 이야기이다. 구해령은 평소 서책을 좋아하지만 연애 소설은 소름 끼쳐 하고, 천체와 과학에 호기심이 많아 갈릴레오 갈릴레이를 존경한다. 성격도 조신과는 거리가 영 멀어서 여느 남성보다 술을 자주, 많이 마신다. 그의 나이 26세. 해령은 혼기가 찼다는 이유만으로 얼굴도 모르는 남자와 결혼하고 싶지 않다. 그때 여성 사관을 뽑는다는 소식이 들려온다. 그는 분명히 거기에 자기 자리가 있다고 확신한다.

〈신입사관 구해령〉 방영 초기에 항간의 화제가 되었던 장면은 이림(도원대군)과 구해령의 첫 만남도, 구해령이 혼례식을 박차고 달려나가던 때도 아니다. 바로 과거 시험장의 풍경이다. 여성 사관을 뽑는다는 방이 처음 붙었을 때만 해도 여자가 직업을 갖는 건 가문 망신이라는 한탄이 한양 구석구석으로 흘러갔다. 그게 주류의 생각인 것처럼 보였는데, 다들 어디 숨어 있던 건지 셀 수 없이 많은 여성이 시험장으로 바글바글 모여들었다. 그리고 뭇 선비가 그러하듯 편하게 자리를 잡고 긴 시간 동안 문제에 골몰했다. 여자와 과거 시험이라니. 살다 보니 이런 장면도 본다. 지금까지 사극 드라마에서 여성이 궁에 들어가기 위해서는 몇 가지 불문율이 존재했다. 궁녀가 되거나, 남장을 하거나, 타임 리프를 하거나. 아무리 각색하고 퓨전 사극을 찍어도 '여자가 과거를 보고 정식으로 발탁되는 건' 상상으로도 허용될 수 없던 거다. 〈신입사관 구해령〉은 닫혀 있던 문을 열었다. 비범한 재능을 타고났어도 시대적 장벽에 뜻을 펼칠 수 없었다는 기존 서사를 뛰어넘어, 주체적으로 직업을 가지려는 조선 여성의 이야기로 한 단계 업그레이드되었다. 여태 본 적 없어 낯설지만 지금껏 기다려온 탓에 무척 반가운 이야기다.

아주 공평하게 기울어져라

궁 안에서 벌어지는 일을 기록하는 예문관으로 과거 시험에 합격한 여사관 네 명이 모였다. 구해령, 송사희, 허아란, 오은임. 서로가 유일한 동료고 유일한 참고 자료인 네 명의 여자들. 넷은 꼭 붙어 다니며 척박한 황무지에서 아무도 알려주지 않는 것들을 스스로 알아내야만 했다. 예문관 생활은 녹록지 않았다. 과거에 붙었어도 성균관을 나오지 않은 사람은 끼워주지 않는다며 '서리(중앙 관아에 속하여 문서 기록과 관리를 맡는 하급 벼슬)' 취급을 받으면서 잔심부름을 하고, 여성 '사관'보다는 '여성' 사관으로 인식되어 청소와 각종 허드렛일만이 이따금 주어질 뿐이다. 돌이켜 보면 이 사총사는 글을 읽고 쓸 줄 아는 양반집 규수인 데다가, 심지어 송사희는 이조정랑의 맏딸이고 허아란은 집이 99칸인 한양 제일가는 부잣집 자식임에도 남성중심 세계에 발 좀 들였더니 곧장 이런 취급을 받는다. 가문과 사회적 지위, 명성이나 재력 따위와 상관없이 모든 계층의 여성들은 동일하게 차별을 맞닥뜨려야만 했고, 어떤 이유로든 피할 길이 없었다. 그리고 이어지는 어딘가 몹시 익숙한 양시행 봉교(정칠품 벼슬)의 말. "성균관을 다녀봤어야 알지. 평생 방 안에서 자수나 놓던 것들이 뭘 알겠냐?"

역차별이라는 오명 끝엔 모른 척만이 남았다. 이들의 합격을 모른 척, 인수인계의 의무를 모른 척, 신입 교육의 필요를 모른 척. 꿔다 놓은 보릿자루마냥 사총사는 예문관 구석에 콕 박혀 지냈다. 가해자는 아무도 없지만 피해자는 선명하게 남겨져 있었다. 그러다 결국 사달이 난다. 내명부 상궁들이 여성 사관들을 몰래 불러내 불에 달군 부지깽이로 협박한 것이다. 입을 지지는 시늉을 하며 여성으로서의 지조를 지킬 것을 명했다. 과거를 본다고 사내가 아니고 관복을 입는다고 관원이 아니니 임금의 말만 따르고 스스로 생각조차 하지 말라는 말도 강경하게 덧붙였다. 일명 '쥐부리글려'. 갓 입궁한 나인에게 흔히 행하던 일종의 신고식이었다. 갑자기 사라진 예문관 사총사를 찾아다닌 한림들은 여기저기 뭇매의 흔적이 흥건한 이들을 구출했다. 그리고 양시행 봉교가 한심하다는 목소리로 사총사를 나무란다. "거기가 어디라고 졸졸 쫓아가? 아무리 대비마마가 불렀다고 해도 관원을 부를 때는 적법한 절차가 있고 원칙이 있는 거 몰라? 특히나 사관은 저승사자가 와서 데리고 가려고 해도 하던 업무 다 마치고 남은 입시 확인하고 예문관에 보고까지 다 하고 나서야 죽든지 말든지 하는 거라고 이 덜떨어진 것들아." 그리고 이어진 허아란의 악에 받친 외침. "그걸 저희가 어찌 압니까? 뭘 알려주셨어야 알죠. 뭘 보고 배우려고 해도 아무것도 가르쳐 주질 않는데 대체 저희더러 어떻게 알아서 하고 알아서 처신하라는 말씀입니까?"

엄연한 과거 시험 합격자를 서리 취급하고 방치했던 결과로 예문관 안의 냉대가 내명부까지 퍼져나갔다. 아무것도 모른 채 폭행을 당해야만 했던 사총사는 피해를 입고도 질타를 받았고, 2차 가해 앞에서야 발악하며 외쳤다. 이들이 원했던 것은 간단하다. 사관이 되었으니 그저 사관이 되는 것. 혼자 생각하지 말라는 겁박에도 스스로 판단하는 것. 입을 다물고 살라는 명령에도 굴복하지 않고 말하는 것. 남성 사관들에게 너무나 당연하고 온전한 것들이 여성 사관들에게는 과거 합격 이후 다시금 쟁취해야 하는 것들이었다. 그중에도 '임금의 여인'이라는 성적대상화로부터 벗어나는 것은 아주 기본적인 필수 코스였다. 사관이 되는 길은 왜 이리도 먼 걸까.

이름에 얼굴 주기

주인공 자리를 도맡는다고 해서 모두가 주체적인 것은 아니다. 이미 많은 여성 주인공이 뛰어난 능력이나 기술을 갖고도 남성 주인공의 구원을 받기 위해 '민폐 캐릭터'로 전락하는 과정을 너무도 많이 봤다. 하지만 구해령은 다르다. 이림의 혼인 소식으로 둘의 이별을 고민하게 됐을 때, 구해령이 선택한 것은 구해령 자신이었다. 둘의 사랑을 어떻게든 연장하기 위해 애쓰거나 다른 방법을 억지로 모색하지 않고, 상황을 판단하는 기준에 자신을 가장 먼저 세웠다. 자유의지를 향한 갈망, 그것이 구해령이 원하는 전부였다. 감정적으로 흐트러진 이림 앞에서 구해령은 또박또박 말한다. "저는 분명히 말씀드렸습니다. 규문 안의 부부인으로 살고 싶지 않다고요. 제가 그 자리를 원하지 않는다고요."

구해령은 적당히 무심하고 의연하다. 타인의 시선으로부터 자유롭지는 않지만 환경이 판단의 우위를 점하지 않는다. 걸쭉하게 욕도 잘하고 대범하게 배팅할 줄도 안다. 사랑과 연민을 느끼지만, 그것이 얼마나 무서운 것인지도 몸소 알고 있다. 구해령은 가장 거짓되고 가장 진실된 인물이다. 가상이 아니고서야 절차를 밟고 관직에 오른 여성을 볼 수 없었기 때문에 가장 거짓되고, 시대성에 부합하는 여성다운 면모를 갖추고 있기 때문에 가장 진실되다.

극은 변함없이 사관으로서의 임무를 성실히 다하는 해령을 보여주며 끝맺는다. 여전히 이림을 사랑하지만 일을 그만두는 것은 그것과 별개의 일이었다. 게다가 혼인도 백년가약도 맺지 않은 채 이림과 해령은 그저 현재 관계를 유지하기로 택한다. 보기 드문 조선식 자유연애를 시작한 셈이다. 극 중 구해령의 서예를 대필해 준 이정화 작가가 SNS에 게재한 글을 봤다. "여자 대필인 내가 가서 쓰는 내용은 사랑하는 사람에게 쓰는 연서가 대부분이었다. 조선시대 여성들이 붓을 드는 이유가 그것뿐인가… 하는 어딘지 모를 속상함. 해령이 덕분에 관복을 입고 궐 안에서 상소문을 쓴 날 얼마나 두근두근 떨렸는지."

해령은 우리에게 무수히 많은 처음을 선물했다. 분명 이름 석 자 안에는 오로지 당사자만이 기록되는 줄 알았는데, 처음을 함께 나눈 여자들의 얼굴이 그대로 담겨 있었다. 구해령이 안내하고 동행한 모든 경험의 마침표는 결국 우리들의 얼굴이었던 게 아닐까?

다음의 물음표

Q1. 여성 주인공 이름이 곧 제목이었던 작품 중 자기발견과 성장을 잘 보여주었던 작품을 꼽는다면?

Q2. 사극 드라마 중 가장 인상 깊었던 여성 인물은 누가 있나? 그 이유는?

달리는 사이

잘 자
우리 내일 또 만나

Mnet 〈달리는 사이〉는 걸그룹 출신의 다섯 멤버가 하나의 러닝 크루를 이뤄 런트립(Run-trip)을 떠나는 프로그램이다. 하니, 선미, 청하, 유아, 츄. 연차도 장르도 성격도 전부 다른 걸그룹 멤버가 모이면 어떤 이야기를 완성할지 예상하기 어려웠다. 더구나 Mnet은 '악마의 편집'으로 악명 높아서 또 누구를 재물 삼을지 알 수 없는 노릇이었다. 그간 여러 여자들이 (특히 경연 프로그램에서) 중도 하차를 하거나 사과문을 쓰거나 누명으로 악플에 시달리는 동안 Mnet은 늘 책임에서 벗어나 있었고, 비슷한 일들이 반복되면서 그 결과로 합리적 의심이 발동하고 말았다. 프로그램을 보며 경계의 눈초리를 장착하려던 찰나, 몇 가지 특이점을 발견했다.

다섯 출연자는 서로를 선배보다는 언니로, 활동명보다는 본명으로 호명했다. 누가 먼저랄 것도 없이 서로를 한 꺼풀 벗겨 진솔하게 바라보고 싶어 했다. 첫 달리기를 시작하기 전, 각 출연자에게 전달된 이어폰 사이로 러닝 DJ가 이런 말을 한다. "옆에 있는 사람과 발을 맞춰 산의 풍경을 눈에 담고, 차가운 바람 속 뜨거운 입김에 집중하세요." 나는 이것과 비슷한 지시를 들은 적이 있다. 온몸으로 나와 외부를 감각하라는 안내. 바로 '명상'에서다. 게다가 러닝이 끝날 때마다 멤버들은 그날의 경험을 기록하는 일지도 써야 했다. 그제야 알아차렸다. 어? 이거 집단 심리 치료랑 과정이 비슷한데?

달리기를 새롭게 정의하세요

하니를 제외한 나머지 네 사람은 이전에 꾸준히 달려본 경험이 없다. 정확히는 유일하게 달리기로 위안 삼아본 적 있는 하니가 이 경험을 다른 사람들에게 나눠주고 싶어 했다. 생경한 도전 앞에서 멤버들이 믿었던 건 이 한 문장이었다. "할 수 있겠지? 같이 뛰는 거니까." 각자 다른 페이스로 뛰지만 앞뒤로 동료들이 있고, 모두 같은 방향을 향해 간다는 걸 잊지 않았다. 가장 장거리인 3.6km를 달리게 되었을 때 조금씩 버거워졌던 츄는 이렇게 말한다. "할 수 있어. 해보자! 옆에 언니가 있고 같이 달리고 있잖아." 같은 레이스에서 무릎이 좋지 않아 조금 뒤처졌던 선미는 조급해하지 않으려고 스스로를 다스리기도 했다. "너무 힘들었어요. 앞에 달리는 친구들은 너무 쉽게 달리는 것처럼 보이는 거예요. 나약한 인간… 이라는 생각이 잠시 들었어요. 그러다 옆에 있는 바다를 딱 봤는데 '우리가 달리기 여행하러 온 거지 경쟁하러 온 게 아니잖아?' 하면서 '나약해도 돼!' 하는 생각이 들더라고요." 그러고 나서 선미는 먼저 반환점을 돌아온 이들을 마주칠 때마다 신나게 하이파이브를 하면서 용기를 얻었다. 이 모습이 우리에게 전하는 메시지는 간단하다. 다른 사람들보다 뒤처지면 좌절할 게 아니라, 먼저 돌아온 사람들과 웃으면서 하이파이브를 하면 되는 거라고.

〈달리는 사이〉의 줄거리를 핵심만 요약하면 이렇다. 자기 자리에서 치열하게 사는 20대 여성 5명을 모아 달려보는 경험을 선물한 것. 그 과정에 순위를 정하지도, 박진감 넘치도록 분위기를 조장하지도 않는다. 어떻게 보면 느슨하고 심심한 것처럼 느껴질 수도 있겠다. 하지만 이건 제작진이 전적으로 선택한 프로그램의 기본 속도였다. 계속 돌진하는 것 말고는 아무것도 몰랐던 사람들에게 꼭 전하고 싶은 말을 편지처럼 자막으로 달기도 한다. '우리 달리기에서 중요한 건 빠른 속도가 아니라 천천히 가더라도 스스로 정한 만큼 달리는 거니까….' 본격적으로 촬영에 돌입하기 전, 제작진은 달리기라는 행위에 대한 그들만의 정의를 새롭게 해석하고 시작한 듯했다. 그 덕에 인간은 결코 급할 때만 뛰는 게 아니란 걸 너무 오랜만에 되새길 수 있었다. 출연자들 또한 이런 프로그램의 태도를 잘 이해하고 있었다. 다음은 달리는 동안 출연자가 인터뷰를 통해 말하거나, 다른 동료와 나눈 대화 내용이다. 한 가지 공통점을 가진 것들로 추렸으니 공통점을 추론해 보기 바란다.

유아 더 뛰고 싶고 멈추고 싶지 않은 느낌이었어요. 우울할 때 좀비처럼 소파에 웅크리고 있었는데 심장이 막 뛰니까, '내가 여기 있구나. 내가 실체가 있는 사람이구나' 싶은 거예요.

유아 너무 좋아요. 우울했던 것 다 사라지고 에너지가 도는 느낌이에요.

하니 다 할 수 있을 것 같지?

유아 네! 다 해낼 수 있을 것 같아요!

청하 그동안 쉬지 않고 달렸고, 뒤처지기 싫어서 달렸어요. 이젠 그걸 내팽개칠 수 있는 계기가 된 것 같아요. 달리자! 원할 때. 걷자! 원할 때.

하니 오르막길은 뛰어도 뛰어도 안 뛰는 것 같지 않아?

유아 오히려 뒤로 가는 것 같아요. (한참 후) 진짜 안 뛰어지는 것 같은데요?

하니 그치? 그래도 가고 있다는 거!

청하 (선미에게) 언니, 걷고 싶으면 얘기해요. 같이 걸을게요.

유아 내가 아까 저기(결승선)를 봤는데 너무 멀게만 느껴지는 거야.

청하 근데 지금은 가깝지?

유아 응! 아까보다.

유아 전 늘 미리 걱정했어요. 이런 일이 벌어지면 어떡하지? 그런 고민들로 늘 하루를 망쳐왔어요. 그런데 산길에 특히 커브가 많으니까 그다음에 뭐가 나올지 알 수 없는 거예요. 근데 다음 길을 가고 나면 알더라고요. 가서 보면 되잖아요. 아무 생각하지 말고.

선미 가시나 활동할 때만 해도 2년 후면 난 끝날 거라고 생각했어. 여자 가수들이. (보통 30대가 되면 그러니까.) 그런데 내가 내려가고 있다는 생각 자체가 아니구나, 내려가는 게 아니라 올라갔다가 다른 길로 가는 거였구나 싶어.

유아 문제없을 거라고 생각했어요. 그동안 잘 뛰었기 때문에 못 할 거라고 생각도 못했어요. 컨디션 저하인데 그걸 인지 못하고 페이스 조절을 못한 거예요. 솔직히 너무 포기하고 싶었어요. 그만둬야 하나 처음으로 생각했고요. 내가 쉬어야 할 때, 쉬지 못하고 달려버리면 모든 걸 다 내려놓고 싶어진다는 걸 알겠더라고요.

청하 (누워 있는 유아에게) 친구! 같이 가자!

이 말들은 모두 달리기에 관한 내용이다. 달리기의 고충과 한계점, 극복과 회복, 그 과정을 함께하는 동료까지도. 그러다 '달리기'라는 주제를 가리고 보면 결국 우리 생에 대한 이야기와 다름없다는 걸 알 수 있다. 모든 멤버는 달리기를 이야기했을 뿐인데 자연스럽게 자신의 삶으로, 일상을 지탱하는 힘으로 이야기의 축을 뻗어나간다. 〈달리는 사이〉가 집단 심리 치료처럼 비치는 이유도 바로 이 안에 있다. 꺼내기조차 힘겨운 이야기를 특정 주제를 빌려 쉽게 표출하도록 도와주고, 그간 외면했던 내 모습을 객관적으로 바라보게 해주기 때문이다. 그리고 바로 옆엔 그 여정을 함께 통과하는 소중한 친구들이 있다. '달리는 사이(Relationship)'는 친밀한 관계부터, 회복하는 시간으로서의 '달리는 사이(While I'm running)'로까지 자연스레 가닿는다. 그래서일까? 프로그램을 보다 보면 당장 밖으로 뛰쳐나가서 마구 질주하고픈 욕망이 솟구친다. 그러면 왠지 나도 저들처럼 비로소 깨닫게 될 것만 같다. 포기하지 않고 계속 나아가다 보면 지금의 터널도 언젠가 끝난다는 것을.

언제 어디서 만나더라도 친구가 됐겠다

달리기를 마치고 나면 다섯 사람은 꼭 성대한 식사를 준비했다. 백숙과 바비큐, 해물칼국수와 조개구이, 대게 찜과 물회. 게다가 이것도 부족하다는 듯 라면을 끓여 먹고, 어떤 날에는 라면죽까지 야무지게 만들어 먹었다. 보통 프로그램 같으면 아이돌은 잠시 잊겠다느니, 다이어트는 내일부터라느니 걸그룹을 오랫동안 괴롭혀 온 정형화된 몸매 이야기를 자막으로 에둘러 말했을 텐데, 그런 것 따위 이곳에서는 존재하지 않는다. 청하는 "이거 1차야. 2차, 3차 계속 있어."라고 선포하고, 하니는 "돌아갈 때 건강해져 있겠다."며 뿌듯해했다. 어느 누구도 일부러 스트레스를 끌고 오지 않았고, 부지런히 달렸으니 맛있는 음식으로 보상받겠다는 당위성에 동의하고 있었다.

이렇게 다섯 친구들이 부쩍 가까워질 수 있던 건 뭐니 뭐니 해도 서로의 직업적 괴로움을 이해하는 데에 있다. 하루는 선미가 원더걸스를 탈퇴하고 나서야 처음으로 쉬었다고 고백했다. 그 후 생각할 시간이 너무 많이 주어지자 그것들이 되레 자신을 갉아먹고 있었다는 걸 5년 전쯤 진단받았다고 했다. 경계성 인격 장애. 그가 알게 된 자신의 한 부분이었다. 이 말을 처음 꺼내고 선미는 한동안 아무 말도 잇지 못했다. 제법 긴 침묵이 이어졌다. 눈에 띄는 건 누구도 침묵을 함부로 깨려고 하지 않았다는 점이다. 연출자는 배경 음악을 깔지 않았고, 다른 출연진도 함부로 '괜찮다'는 말을 건네지 않았다. 심지어 손으로 등을 쓸어주거나 손을 잡아주는 비언어적 대화를 끼워 넣지도 않았다. 그저 선미가 스스로 말을 마칠 수 있기를 바라는 마음으로, 오로지 직선 모양의 눈빛으로만 응시할 뿐이었다. 그리고 선미가 힘겹게 하지만 아주 강인하게 말을 이어갔다. "나는 내 주변의 모두가 행복했으면 좋겠고, 나 때문에 피해 안 받았으면 좋겠어. 사랑을 주고 싶고. 그런데 그건 내가 사랑을 받고 싶다는 마음에서부터 비롯된 거잖아. 그때가 아마 내가 멈춰야 했던 때가 아닐까 싶은 거야." 그가 아주 힘겹게 문장을 채워나가는 동안 곁에 있는 친구들의 조용한 눈물이 번져갔다. 울음이 전염되는 순간들. 분명 슬픈게 맞는데 눈꼬리에 걸린 눈물은 왜 이렇게 다정한 건지. 나는 이 풍경의 이름을 안다. 이 선명한 교감을 어찌 사랑이 아니라고 할 수 있을까.

마지막 장거리 달리기를 마치고 모두가 정원에 나와 캠프파이어를 했다. 지난 레이스를 돌아보면서 끄트머리의 아쉬움을 하염없이 나누기 위해서였다. 선미가 조심스레 말을 꺼냈다. "우리가 지금 개개인이 갖고 있는 고충이 있잖아. 그게 때때로 우리를 너무 옭아매고. 그래도 나는 어떻게든 살아내자고 말하고 싶어. 나도 열심히 살아갈 거야. 난 정말 살 거야." 이 말을 들은 멤버들이 "잘 살자!"라며 작은 환호를 던졌지만, 그 안에 숨겨진 무겁고 익숙한 의미를 우리 모두가 이미 잘 알고 있을 테다. 대중에게 기준 없는 잣대로 끝없는 평가와 비난을 받았던 무수한 여자들. 우리가 너무 쉽게 잃어버린 여자들을 기억한다. 선미 말처럼 그랬으면 좋겠다. 타인이 던진 고통은 잊어버리고 여자들이 꿋꿋이 살아남으면 좋겠다. 달리기가 가르쳐 준 대로, 자기 생애 맞는 호흡법으로 공기를 가르며 대지를 유영하면 좋겠다. 하니가 그랬던가. 우리는 언제 어디서 만나더라도 친구가 됐겠다고. 어딘가에 있을, 나의 친구가 될 운명인 누군가를 떠올리면서 더 자유롭게 땅을 내디디면 더할 나위 없이 좋겠다. 우리에게 필요한 게 그저 이런 인사뿐인 언젠가를 상상하며.

"잘 자. 우리 내일 또 만나."

다음의 물음표

Q1. 나만의 러닝크루를 꾸린다면 어떤 여성들과 함께 뛰고 싶은가? 주변의 인물을 상상하여 모임을 구성해 보자. 그리고 인물별로 나누고 싶은 이야기와 함께 하고 싶은 일도 꼽아보자. (다 마친 뒤 당사자에게 알려주기.)

Q2. 보편적으로 걸그룹에게 요구하는 태도와 자세는 무엇이라고 생각하나? 그리고 그것을 끊어내거나 해소하려고 시도했던 예능 프로그램 속 장면이 있다면? 그것을 보았을 때 어떤 감정이었나?

스토브리그

일은
이렇게 하는 거예요

'스토브리그(Stove league)'란 프로 야구의 한 시즌이 끝나고 다음 시즌이 시작하기 전까지의 기간을 말한다. 이때 구단은 선수들을 대상으로 계약 갱신이나 트레이드를 진행하는데, 팬들이 난로(Stove) 주위에 둘러앉아 그 과정을 평가한다는 데서 비롯한 말이다. 보통 스포츠물이 오합지졸의 성장을 조명하듯 SBS 드라마 〈스토브리그〉도 만년 꼴찌를 도맡는 드림즈팀의 이야기를 다루었다. 팬들의 눈물샘마저 쩍쩍 마른 꼴찌팀과 새로 부임한 백승수 단장 사이에 벌어지는 다양한 에피소드를 보여주었고, 매회를 거듭할 때마다 화제가 되었다.

〈스토브리그〉가 최고 시청률 19.1%의 성공을 거둔 이유

중 하나는 야구에 관심이 없거나 잘 모르는 사람도 쉽게 이해할 수 있었기 때문이다. 야구 선수와 경기보다는 프런트(구단의 행정 업무를 수행하는 직원) 중심의 플롯이다 보니 스포츠물보다 직업물 드라마에 가까웠다. 그리고 그 안에 한국 프로야구단의 유일한 여성 운영팀장, 이세영이 보였다. 그가 직업인으로서 일하는 태도와 방식은 동시대 여성에게 큰 영감이 되고 있었다. 우리는 과연 어떻게 일해야 할까?

주변을 둘러보는 마음

백승수 단장은 매우 냉정하고 융통성이라곤 조금도 찾아볼 수 없는 인물이다. 그의 불친절하고 냉대한 태도는 다른 직원들에게 일정한 거리감을 주었다. 게다가 선수 출신의 직원이 대부분인 야구 구단에서 야구 경력은 둘째치고 배경지식조차 거의 없는 그를 따르려는 사람은 아무도 없었다. 불신의 대상이자 불청객. 그의 또 다른 이름표였다. 드라마가 백승수 단장을 비추는 방식도 비슷했다. 그는 구단에서 가장 큰 결정권을 가진 사람이자 내밀한 전략을 짜는 자리에 있었지만, 그가 어떤 계획을 구상하는지 시청자에게 대부분 알려주지 않았다. 이건 그의 통찰력을 극적으로 드러내기 위한 연출이었기에 동료 직원들만큼 시청자도 백승수와 어느 정도 거리가 있었다.

백승수를 향한 직원들의 불신이 최고조에 다다랐던 건, 그가 드림즈의 간판스타이자 4번 타자인 임동규를 방출하고 다른 선수를 데려오겠다고 통보했을 때였다. 임동규는 장장 11년 동안 드림즈에 몸담은 선수로, 구단은 물론 시민들에게도 상징성이 컸다. 그의 승리는 곧 그 지역의 승리였다. 회의실 곳곳에서 직원들의 원성이 터져 나왔다. 야구에 대해 아무것도 모른다며 그를 무시하는 말들이 잔뜩 오갈 때, 조용히 있던 이세영이 무심하게 한마디 던진다. "단장님이 저희에게 허가받고 하실 일은 아니니까요. 신임 단장은 단장 아닌가?" 직원들뿐만 아니라 시청자도 백승수의 속내를 알 수 없었기에 이 집단적 반발과 흥분을 십분 이해할 수 있었다. 그런데 이세영은 무리에서 누군가 낙오되거나 배제되는 틈을 막아주는 역할을 톡톡히 했다. 지나가듯 던진 질문은 다른 인물은 물론 시청자까지 백승수 단장을 이해하는 중요한 단초가 되었다. 모두가 백승수의 행동의 이유를 묻게끔, 그래서 백승수가 자신의 이야기를 대놓고 할 수 있게끔 물꼬를 틀어준 것이다. 그 과정에서 누군가를 온전히 편들지도 적대하지도 않는다. 오직 결정의 합리적인 이유를 찾는 것. 이세영에겐 그게 가장 중요했다. 그의 덕을 본 것은 백승수만이 아니다. 후배 동료인 한재희가 길을 잃지 않도록 평소에도 조언을 아끼지 않고, 힘없는 감독이나 자리를 떠난 단장에게도 공감과 연민을 표했다.

일을 하다 보면 동료가 전부인 것처럼 느껴지는 순간들이 종종 있다. 나의 분노에 공감해 주면 공감해 주는 대로 큰 위로를 얻고, 그게 아니라고 이견을 주면 내가 과하게 받아들였네, 하면서 또 그것대로 위로가 된다. 귀를 내어주는 이가 있다는 사실만으로 사람들은 많은 것을 견뎌낸다. 극 중 세영의 동료들은 그의 동료애 덕분에 오늘을 무사하게 마친다. 모두의 무탈함 속에 항상 세영이 있었다.

굽히는 법이 없다

최초의 여성 운영팀장이자 최연소 운영팀장인 이세영. 그를 설명하는 수식어만 봐도 오늘이 오기까지 얼마나 모진 풍파가 있었을지 충분히 알 수 있다. 더구나 선수 출신을 선호하는 직군 특성을 생각하면 그는 비선수 출신이자 야구단에서 극소수인 여성으로 우대 조건에서 한참 벗어나 있다. 그는 일상적이고 교묘한 차별 속에서도 탁월한 업무 수행과 일을 사랑하는 마음으로 오늘까지 굳건히 버틸 수 있었다.

한창 선수들과 연봉 협상을 체결하던 때, 기업의 재정 지원이 현격하게 줄어 난항을 겪게 된다. 선수들이 원하는 연봉과 구단이 제시하는 금액의 차이가 몹시 크게 벌어졌고, 협상을 제때 마치지 못할 시 훈련을 돌입할 수 없는 문제와 구단의 이미지가 실추될 가능성을 걱정해야만 했다. 그중 주전

포수인 서영주는 팀 내에서 가장 다루기 힘든 선수로 유명하다. 본래 거칠고 쉽게 폭주하는 성격 때문에 매년 연봉 협상이 쉽지 않았던 것. 역시나 그는 자기가 있는 병원과 술집으로 새 단장을 불러내며 기싸움을 이어갔다. 자신이 야구를 위해 얼마나 희생하는지 보여주기 위해서였다. 기어이 단란주점에 이세영과 백승수를 불러 앉힌 그는 백승수의 무릎에 양주를 쏟는다. “이러면 (야구 때문에) 무릎에 물 차는 기분을 아시려나?” 예측할 수 없는 무례함이 폭주했다. 단번에 분위기는 냉각되었고, 세영이 컵을 빼앗아 벽면에 세차게 내던진다. “야, 팀장. 너 지금 선 넘었어.”라며 비꼬는 서영주에게 세영의 사자후가 이어진다. “선은 지금 네가 넘었어!”

서영주는 세영을 ‘야, 팀장’, ‘여직원’과 같은 단어로 호명했다. 그럴 때마다 세영은 “여직원이 아니라 운영팀장입니다.”라며 단호한 말로 정정했고 호락호락하지 않은 태도로 응수했다. 이세영의 화법은 현실 속 일터에서 자주 목격했던 것과 달랐다. 실제로 많은 여성 직업인이 갖고 있다는 말버릇, 일명 ‘쿠션어’가 없는 것이다. 쿠션어는 ‘넹’, ‘알겠습니당’처럼 말끝에 부드러운 자음을 덧붙이거나 ‘죄송하지만’으로 이야기를 시작하는 경우가 가장 대표적이다. 굳이 필요하지 않은 ‘딱’, ‘잠시’, ‘그냥’, ‘작은’과 같은 수식어를 덧붙이면서 전달 내용을 축소시키는 것도 여기에 해당한다. 이런 현상은 여성들이 사무적 태도를 취하는 것에 대한 두려움과 친절하게 말해야만 한다는 압박감을 드러낸다. 이세영의 말에 설득력이 느껴졌던 건 망설임을 내비치는 쿠션어를 사용하지 않고 명확한 어투와 태도를 보여줬기 때문이다. 친절은 성격일 뿐이고, 일은 능력으로 하는 것이다. 이세영은 딱 자신이 가진 재량만큼의 영향을 제대로 전하는 방법을 여성들에게 몸소 알려준다.

무엇보다 이세영은 자기 일에 대한 애정이 무척 깊다. 아침밥을 먹다가도 드림즈 뉴스를 보고 달려나가고, 야근과 철야를 밥 먹듯이 하고도 여전히 야구 생각이고, 엄마와 나누는 이야기의 8할도 일에 관한 것이다. 무엇보다 가구 회사 회장의 손자인 한재희가 첫 면접에 낙하산으로 들어왔을 때 그를 복도로 끌고 가 멱살을 쥐었던 것도 세영이었다. "저기 너랑 같이 앉아 있던 사람들이 여기 왜 왔을까? 너보다 더 많이 공부하고 절실히 노력했는데 너 같은 놈이 한자리 차지해서 떨어질 거 아니야, 낙하산 새끼야. 저기 사람들한테 사과하고 집에 가. 합격 안 되게 내가 만들 건데 혹시 만약에 합격하게 되면 너 오지 마. 그럼 너 죽어."

단순한 정의감과 불의를 못 참는 성격 때문이 아니라 세영은 온전히 자신의 일을 사랑하기 때문에 앞으로 나섰다. 그게 대기업의 손자든 회사의 결정이든 망설이는 법이 없다. 매 시즌

꼴찌를 도맡는 팀 안에서 패배감에 익숙해질 때면 먼저 포기하지 말자고 주문처럼 자신을 다스리기도 했다. 백승수가 극의 주요 문제를 해결하는 동안 세영은 아무도 살피지 못한 것들을 고쳐나갔다. 패기만 믿는 어리광도, 요령을 익혀 쉬운 길을 택하는 사람도 아니었다. 자신의 일을 열렬히 사랑하고 아끼는, 그래서 매 순간을 귀하게 여기는 성실한 직업인이었다.

구단의 여자들

첫 화가 방영되고 이세영 운영팀장을 둘러싼 시청자들의 반응은 좋지 않았다. 이유는 단순하다. 실제로 야구 구단에 여성 운영팀장은 전무하고, 앞으로도 그럴 가능성이 거의 없기 때문에 현실성이 없다는 것이었다. 드림즈 구단에서 여성 직원은 이세영을 제외하고 딱 한 명 더 있다. 바로 임미선 마케팅팀 팀장이다. 정시 퇴근을 사랑하고 가십거리와 커피 타임을 즐기는 탓에 백승수 단장의 눈 밖에 났지만 그도 한때 불타오르던 시절이 있었다. 그라운드 페인팅, 익사이팅 존, LED 보드 광고 등을 최초로 시도하면서 마케팅만으로 흑자 20억을 달성했던 열정 어린 시절들이 있었다.

유일한 여성 직원인 이 둘을 보면서 현실에 없는 자리를 떠올렸다. 없어도 너무 없는 나머지 드라마에서도 받아들여지지 않는 두 자리를. 앞으로 우리는 어떻게 일해야 할까. 조금 더 오래 남아 있기 위해서, 여성 직업인의 생태계를 남성의 것과 균형을 맞추기 위해서 어떤 결정을 내려야 할까. 우리에게도 다음 리그를 위한 점검의 시간이 필요하다. 동료애를 장착하고, 강한 결단력을 다지고, 일을 마음껏 사랑할 수 있도록 자신에게 온전히 집중하는 시간 말이다. 지치지 않는 것. 그것이 우리가 이세영으로부터 받은 오늘의 숙제다.

다음의 물음표

Q1. 주변에서 이세영 운영팀장을 연상하게 하는 실제 인물이 있다면 누구인가? 비슷한 점은 무엇이고 그로부터 영향 받은 부분이 있다면 무엇인가?

Q2. 여성의 역할이나 수행 능력을 강조했던 스포츠 소재의 콘텐츠를 꼽아보자. 여성을 비추는 방식은 어떠한가? 이런 콘텐츠가 많아질수록 현실 속 여성들에게 어떤 영향을 줄 수 있을까?

관 뚜껑을 열 시간

JTBC 〈안녕 드라큘라〉는 2부작 단편 드라마로 방영 전부터 사람들의 기대가 컸다. 배우 서현과 이청아가 연인 관계로 나온다는 이야기가 퍼지면서부터였다. 2015년 JTBC 〈선암여고 탐정단〉에서 방영된 동성애 키스 장면이 방통위로부터 경고 처분을 받은 후 처음이었다. 〈안녕 드라큘라〉 초반에는 보기 드문 레즈비언 소재라는 데에만 집중 조명을 받았는데, 차츰 이야기가 진행될수록 그보다는 엄마와 딸의 관계에 방점이 찍혀 있다는 걸 알 수 있었다. 정확히 말하자면 벽장에 숨은 레즈비언 딸과 아직 제 둥지에서 자식을 내보내고 싶지 않은 엄마의 관계였다.

나도 모르게 들어간 관

드라마는 옴니버스 형식으로 세 여자의 이야기를 보여준다. 레즈비언인 딸 안나, 이별 후 지독한 매너리즘에 빠진 가난한 밴드 보컬 서연, 동네 재개발로 친구와 헤어지게 된 유라. 김다예 PD는 한 인터뷰에서 자신의 입봉작 〈안녕 드라큘라〉에 관해 이렇게 말했다. "여성서사를 담은 작품을 꼭 하고 싶었어요. 주인공들이 조금씩 사회적 약자의 위치에 놓여 있거든요. 작게 보면 개인의 성장기지만, 마음속에 묻어둔 문제를 마주하는 과정에서 본인 탓이 아니라는 응원과 연대의 메시지를 주고 싶었어요." 이 인터뷰를 다 읽은 뒤, '본인 탓이 아니'라는 말이 계속해서 맴돌았다. 그중 유독 남 일처럼 느껴지지 않았던 안나의 이야기를 더 해보고자 한다. 엄마를 사랑하면서도 엄마의 욕구가 버거운 모든 딸의 이야기를.

초등학교 교사인 안나는 유명 드라마 작가로 활약하는 엄마 미영과 단 둘이 살고 있다. 안나는 시기별로 남자를 바꿔 만나는 미영이 언짢지만 왜 그러는지 직접 묻지는 않는다. 한 공간에 살면서도 둘 사이에 묘한 긴장감이 느껴진다. 미영은 안나를 가장 잘 아는 사람이라고 확신한다. 하지만 안나는 정반대다. 엄마는 나에 대해 아무것도 모르거나, 혹은 모르는 척한다고 생각한다. 안나에게는 8년을 만난 여자친구가 있다. 그리고 얼마 전, 그로부터 이별을 통보받았다. 일상을 유지하는 게 어렵고 누군가와 대화를 나누는 것조차 버겁다. 안나는 앓고 있었다.

중학생 시절, 안나는 아웃팅 당한 적이 있다. 학교에서 사귀던 여자친구와 입을 맞추다 연인의 할머니에게 발각된 것이다. 할머니는 두 여자아이를 교회로 데려가 무릎을 꿇리고어서 하나님 앞에서 맹세하라고 했다. 다시는 그러지 않겠다고 열심히 빌라고 했다. 안 그러면 훗날 지옥에 갈 거라는 무서운 말도 덧붙였다. 그리고 그때 달려오는 한 여자, 미영이 소리쳤다. "할머니! 할머니나 지옥 가요!"

집으로 돌아가는 길, 안나는 말을 차마 다 맺지도 못하고 같은 말만 반복한다. "엄마, 나 지은이랑… 엄마, 나 지은이랑… 엄마, 나 지은이랑…." 그리고 그 말을 다 완성하기도 전에 미영이 먼저 말한다. "안나야, 엄마도 안나 나이 때 선도부 언니한테 편지도 쓰고 쫓아다니고 그랬어. 근데 그거 시간 지나면 그냥 다 지나가. 아직 안나가 어려서 그래. 너 옆집 남자애 좋아하고 그랬었잖아. 둘이 막 결혼한다고 그러고. 엄마는 하나도 걱정 안 해."

미영을 보며 나는 지극히 평범한 엄마를 떠올렸다. 내 딸을 모독하면 그게 누구든 참을 수 없어 금세 달려가 호되게 복수하지만, 그렇다고 온전히 내 편만은 아닌 거다. 우리는 오로지 엄마가 이해할 수 있는 선에서 이해받는다. 엄마의 배경지식이 나를 이해하는 근거가 되고, 엄마의 아량이 내게 주어진 자유의 크기가 되면서. 안나는 엄마를 사랑하는 마음과 별개로 이해할 수도, 받을 수도 없는 날들이 늘어났다. 서로의 골이 점점 깊어갈 때, 안나가 말한다. "엄마는 날 필사적으로 보호하기 위해서 안전하고 안전한 관 속에 가두었다. 그때부터였을지도 모르겠다. 내가 억지로 웃기 시작한 게." 그렇게 수많은 여자들이 드라큘라가 되었다.

대신하지 마세요

화장실 전등을 뚝딱뚝딱 고치는 안나를 보고 미영이 뜯어말린다. 혼자 하게 되면 결국 혼자 살게 된다는 말과 함께. 이건 안나를 끝까지 품에 두고 살고 싶은 미영의 마음이기도 하다. 사랑은 곧 집착이 되고, 집착의 기저에는 불안이 있다. 미영이 모른 척해왔던 것들이 오랜 시간 미영을 괴롭혔을 거다. 그 불안은 은근슬쩍 떠보는 질문으로 배설된다. "옷 왜 그거 또 입어?", "피부는 왜 그러니? 야, 너 남자들이 피부를 얼마나 많이 보는데." 안나가 싫어할 것을 알면서도 꼭 남자 이야기를 빼놓지 않는다.

어느 날 안나의 연인이 안나의 물건을 소포로 돌려보냈을 때, 미영은 딸의 표정 변화를 기민하게 알아차린다. 실의에 빠진 딸의 모습을 차마 견디지 못해 결국 안나가 돌려주려고 모아둔 물건을 직접 들고 연인을 찾아간다. 딸을 대신해 관계의 마침표를 찍으려는 미영은 현실 속 엄마들의 모습을 쏙 닮았다. 실제로 딸을 보호한다는 이유로 그들이 감내해야 할 통과의례를 엄마가 대신하는 경우가 종종 있다. 안 그래도 여성이 사회에서 스스로 결정할 기회가 많지 않은데 가정 내에서조차 수많은 기회가 박탈당하고 유예되어 버린다. 게다가 딸이 성 소수자일 경우 불완전한 상태처럼 여기면서 그 유예기간은 더욱 길어진다.

이 맥락으로 비추어 보면 미영이 안나에게 전등 갈기를 왜 그렇게 필사적으로 막았는지, 안나의 이별을 왜 자신이 종식시켜도 된다고 생각했는지 이제야 이해가 간다. 엄마가 딸에게 바라는 임무란 오로지 안전한 관 속에서 이빨을 감추고 있는 것, 그것 하나뿐인 것이다.

안나와 같은 모든 딸들에게

우리 엄마는 내가 성인이 되고 난 뒤에도 통금을 부여했다. 딸은 믿지만 세상은 믿을 수 없다는 말을 꼭 덧붙였다. 하지만 세상은 여전했고 나는 계속해서 자유롭지 않았다. 용돈은 내 돈으로 벌어야 했다. 성인이기 때문이랬다. 나는 어떨 땐 미성년자의 그늘을 못 벗어나다가 또 어떨 땐 어엿한 성인이 되어야 했다. 엄마의 구미에 맞추느라 혼란스러웠다. 시간이

지날수록 내 인생의 선택권이 내가 아닌 엄마 손에 있다는 것을 체감하면서 분노가 자랐다. 결정도 후회도 만족도 모두 내 것이 아니었다. 미영과 안나 사이의 벽은 이렇게 사랑이라고 오해한 엄마의 행동들 때문에 굳건해졌다. 사랑이라는 명목으로 엄마가 나의 결정권을 점유했던 순간들, 잃어버린 중요한 기회들, 돌이킬 수 없는 것들에 많은 딸들은 기시감을 느낀다. 내가 직접 선택해 본 경험만이 주는 고유한 이점을 너무도 많이 놓치고 있다. '경험치'는 말 그대로 나의 판단이 쌓는 적립 포인트니까.

극은 마지막에 문제를 회피하고 외면하던 시간을 끝내고 이제는 똑바로 응시하라는 메시지를 전한다. 서로 이야기하지 않았던 것을 애써 수면 위로 올려서 깨끗하게 정리하자고 용기를 준다. 엄마가 만든 관에 갇힌 경험을 했던, 반쪽짜리 평화를 유지하는 모든 딸들에게 안나가 전한다.

> "드라큘라를 없애는 가장 좋은 방법은 드라큘라를 그대로 마주하는 법이다. 우리는 살면서 아마 또 다른 드라큘라를 계속 만나게 될 것이다. 그리고 그것을 마주해야만 앞으로 나아갈 수 있다. 비록 그 과정이 고통스러울지라도. 그러므로 안녕, 나의 드라큘라."

다음의 물음표

Q1. 사랑이라는 이름의 과잉보호를 경험해 본 적 있다면 언제인가? 그때 만약 직접 판단해서 선택할 수 있었다면 어떻게 달라졌을 거라 생각하는가?

Q2. 영화 〈라푼젤〉의 라푼젤은 과잉보호로 오랜 시간 아무것도 혼자 하지 못했던 대표적인 인물이다. 성 밖에 나온 후에도 마냥 기쁘기보다 처음이라는 두려움과 부단히 싸워야 했다. 현재 나의 정신적 자립을 방해하는 것이 있다면 무엇이라고 생각하나? 그것의 어떤 점이 독립을 지연시키고 있는가?

런온

정말 완주가 중요할까?

달리기는 인류에 특별한 역사를 갖고 있다. 최초의 달리기를 추측하자면 오스트랄로피테쿠스가 두 다리로 스스로를 지탱하기 시작했던 아주 먼 시절로 돌아간다. 굽었던 등이 조금씩 펴지고 중심 근육이 탄탄해지면서 인류는 직립보행의 순간을 맞이했다. 걷게 되었다고 바로 달린 건 아니다. 온몸을 뒤덮은 체모가 바짝 짧아졌던 호모에렉투스가 되고 나서야 비로소 달릴 수 있었다. 뛰는 동안 체내 열기를 땀구멍으로 계속해서 배출한 덕분이다. 그렇다면 그들을 뛰게 한 동력은 무엇일까? 답은 크게 둘로 나뉜다. 매서운 포식자의 위협과 내 생명을 연장해 줄 절실한 먹잇감.

열심히 달렸다. 오로지 자신의 목숨을 수호하겠다는 본능

하나로 위험으로부터 도망치거나 사냥감을 향해 부지런히 달렸다. 인간은 문자를 익히고 숫자를 세기 훨씬 전부터 뛰고 또 뛰었다. 우리는 그 유전자를 물려받아 하릴없이 달릴 운명을 타고났다. 이것이 다른 우선순위보다 자신이 뒤처질 때, 그래서 스스로 돌보지 못하고 잠식될 때 나도 모르게 달리고 싶어지는 까닭이다.

유난스레 일만 하는 세계

JTBC 드라마 〈런 온〉은 영화 번역가 오미주, 단거리 육상 국가대표 기선겸, 스포츠 에이전시 대표이자 서명그룹의 상무인 서단아, 그리고 미대생 이영화까지 각자의 레이스를 묵묵히 수행해 나가는 직업인의 모습을 보여준다. 주인공만의 이야기가 아니다. 이들의 주변을 메우는 조연과 단역까지도 저마다의 레이스를 마주하고 있다. 미주의 선배이자 동거인인 박매이는 수입영화 배급사의 대표고, 선겸의 어머니 육지우는 칸의 여왕이라 불리는 배우다. 세계 랭킹 1위 골퍼 기은비는 선겸과 멋쩍게 사이좋은 누나 역할을 톡톡히 하고, 단아의 이복동생 서태웅은 아이돌 직업과 찰떡이다. 이렇다 할 직업이 없을 땐 부단히 꿈꾸는 길을 보여준다. 영화의 과외 제자인 고예찬은 가족 모르게 체육 입시를 준비하는 체대 지망생이다.

전부 나열하고 나니 길고도 숨차다. 이토록 직업 다양성이 혼재한 극이 몹시 오랜만이라 반가움을 감추기 어렵다. 〈런 온〉을 직업물로 분류하기엔 조금 어색하지만, '일'이라는 중심축을 벗어나진 않는다. 보육원에서 자라 '보호종료아동'이라는 이름표가 계속해서 따라다녔던 미주는 극장에서 난생처음 어둠이 공평하게 내려앉는 모습에 마음이 편안해져 눈물을 뚝뚝 흘렸다. 그러다 말과 말을 잇는 자막을 보고 마음을 빼앗기고 만다. 번역가가 되겠다고 결심한 귀한 순간이었다. 선겸은 창 던지기 선수였지만 아버지의 강압으로부터 벗어나고자 무작정 달렸다. 도망자의 달리기. 그게 선겸의 첫 달리기였다. 그리고 숨이 끊어질 듯한, 오로지 나만 느낄 수 있는 벅찬 호흡에서 진짜 자기를 발견했다. 달리는 일을 직업으로 삼게 된 건 선겸의 인생 최초의 자율적 선택이었다. 단아의 이야기도 크게 다르지 않다. 그는 유일한 적통이지만 여자라는 이유만으로 후처의 아들보다 후계 서열에서 밀려나면서, 원래 자신의 것을 되찾기 위해 직업적 무대 안에서 고군분투한다.

특정 직군의 비하인드 스토리나 이색적인 직업 세계를 대중에게 소개하는 게 극의 주요 목적이 아니기 때문에 직업물이라고 일컫는 데 한계가 있다. 다만 개인의 결핍과 회복을 일과 함께 엮어내면서 일이라는 행위가 인간에게 어떤 의미를 갖는지 보편타당하게 설명한다. 사람들이 왜 그토록 길고 지루한 레이스를 끝까지 달리려고 아등바등하는지 말이다. 〈런 온〉의 인물들은 각자의 자리에서 성실하게 일하며 괴로워하고 또 성취한다. 일이 반드시 자아실현을 이뤄주는 건 아니지만, 일로써 진짜 나를 감각하게 되는 것과 같은 이치다. 많은 이들이 '월요병' 같은 말로 누가 더 일하기 싫은지 대결하듯 굴면서도, 동시에 일에는 경제적 목적을 뛰어넘는 자기치유가 있다는 걸 알고 있다. 〈런 온〉은 다양한 직군을 다양한 층위로 보여주면서 환상적인 '그들이 사는 세상'이 아닌 시청자가 경험한 현실 세상을 보여주려고 노력한다.

딱 한 발자국만 앞으로 가요

〈런 온〉이 일하는 여성을 비추는 방식 또한 인상적이다. 미주와 단아는 서로 잡아먹을 듯 티격태격하는 사이지만 결코 부정할 수 없는 공통점이 있다. 그들은 자신의 사회적 위치와 능력을 객관적으로 판단할 줄 알고, 자기를 인정하는 데에 부끄러워하는 법이 없다. GV 통역을 맡게 되었냐는 후배의 질문에 미주의 대답은 "나는 통번역 호환이 잘되는 편이라서. 천재인가 봐."였고, 이복 오빠의 독단적인 행동에 열받은 단아가 복수를 하고도 분이 안 풀렸을 때 한 말은 "재벌로 안 태어났음 더 망나니같이 살 텐데. 못 할 것 같아요? 내가 못 하는 건 안 했을 때밖에 없어."였다. 〈런 온〉의 여자들은 지나치게 겸손하지도, 자기 칭찬을 축소하지도 않는다. 이런 태도는 비주인공 인물들에게도 쉽게 찾을 수 있었다. 보수적인 꼰대 남성 교수가 매이에게 여전히 건방지다며 은근슬쩍 기선제압을 할 때 그는 아주 견고한 목소리로 "그래서 남 밑에서 일 못하고 대표 됐잖아요, 제가." 하며 우아하게 받아친다.

2018년 즈음까지만 해도 드라마 시청자들에게 가장 중요한 요소 중 하나는 극 중 여성 출연자의 비율이었다. 서사적으로 허술한 면이 있더라도 여성이 많이 등장하거나 여성 단독 주연 작품이라면 대부분 너그럽게 받아들이려는 태도를 고수했다. 일면에서는 무작정 칭찬만 하는 건 발전하기 어렵다는 의견을 내세웠고, 또 다른 측면에서는 여성 중심 드라마가 나온 지 얼마 되지 않은 시점에서 비난과 외면을 선행해 버리면 그다음 여성 중심 서사를 확보할 수 없다는 불안을 표했다. 당시 나는 후자에 동의했다. 일단 양적 수준을 높이는 게 우선이라고 생각했기 때문이다. 여전히 누군가의 아내로만 작동하는 모습이나, 빈번한 여성 살해, 구원자의 남성화 등을 감내해야 하는 경우가 종종 있었지만 어찌 됐든 그 덕에 많은 여성 배우를 발굴하고 재조명할 수 있었다. 화면 속 인물들이 점점 풍성해지면서 '여성 배우 가뭄'이라는 궁색한 변명도 쏙 들어갔다. 이젠 질적 수준을 높일 차례였다. 여성 주인공이 능동적이고 주도적으로 생을 이끌면서 자유롭게 현대적 가치를 말할 수 있는 이야기와 구조가 필요했다.

그리고 〈런 온〉을 봤을 때 짜릿하고 통쾌해서 정수리에 소름이 돋았다. 이젠 "공부를 좀 하라고. 젠더 감수성."이라는 말을 가볍게 던지는 인물(서단아)까지 만나게 된 것이다. 재야에 숨은 여성 축구 코치, 대기업의 유능한 여성 실장, 엄마 몰래 체대 입시를 준비하는 여자 고등학생, 세계 랭킹 1위 여성 골퍼 사이에서 시대착오적인 농담과 장치는 살아남을 턱이 없었다. 모든 여성이 자신의 커리어를 사수하고, 의지대로 자기주장을 펼치는 세계가 바로 〈런 온〉에 존재했다. 아무도 알아차리지 못한 새 여성 서사가 양적 개선을 뛰어넘어 질적 개선으로까지 성장을 이룬 것이다. 더 놀라운 건 OTT 플랫폼에서 자막을 켜고 〈런 온〉을 시청할 때였다. 낯선 이름 하나가 눈에 들어왔다. '노라'. 노라가 누구지? 등장인물 리스트에도 없는 이름이었다. 궁금하던 찰나, 실체를 알게 됐다. 바로 등장인물들이 자주 가는 카페 여성 사장의 이름이었다.

같은 방송국에서, 같은 해에 방영되었던 〈부부의 세계〉는 여우회 회원으로 등장했던 조연들의 이름을 이렇게 명시했다. '최회장 아내', '공지철 아내', '차도철 아내'. 조연이었지만 비중이 아주 적진 않았다. 오히려 최회장과 차도철의 얼굴을 떠올리기 힘들 정도였다. 그럼에도 극이 끝날 때까지 시청자는 이들의 이름을 영영 알 수 없었다. 〈런 온〉 또한 조연들을 역할의 기능으로서 표현할 수도 있었을 것이다. '노라'가 아닌, '카페 사장'이라고 기재해도 이상할 건 없었다. 하지만 〈런 온〉은 그마저도 허용하지 않고 이름을 새겨 넣었다. 아무도 알아보지 않아도 이건 〈런 온〉의 규칙이었다.

선겸의 부친 기정도가 아내 육지우에게 영부인 만들어 줄 테니 선거 활동에 동행하라고 윽박질렀을 때, 육지우는 이렇게 응수했다. "내 인생은 네 소품이 아니야. 내가 여기까지 어떻게 왔는데! 오기도 힘든 거 유지하느라 얼마나 새빠졌는데! 내 인생의 주인공은 나야. 난 태어나서 한 번도 주인공 아닌 적이 없는데 당신만 내 인생을 소품 취급해. 알아?" 구슬프고도 강인한 말. 이 말은 〈런 온〉의 여자들을 모두 관통하는 문장이기도 하다. 각자 1인칭 주인공 시점의 삶을 점유한 채 자기 자리에서 꾸준하게 멈추지 않고 나아가는 방법을 스스로 터득한 여자들 말이다.

바뀌어야 할 건 따로 있다

남성 인물들이 상대적으로 스포트라이트를 쉽게 받는다는 걸 체감한 이후부터는 미디어 비평을 할 때 굳이 한마디를 더 얹지 않게 되었다. 내가 아니어도 남성 인물에게 칭찬을 건네고 싶어 하는 사람들은 차고 넘치니까. 하지만 〈런 온〉의 평온한 분위기를 말할 때 기선겸을 빼놓고 넘어가는 건 다소 어렵다.

드라마를 보는 동안 신기하게도 뱃속이 울렁거리거나 목구멍이 막힌 적이 없다. 물론 전통적인 사고방식을 내세우는 거슬리는 사람들이 종종 등장했지만, 그럴 때면 미주와 단아가 발 빠르게 해치워 버렸다. 낡고 게으른 사상은 두 여자의 능력을 더 멋지게 부각시킬 장치에 불과해 용납할 만했다. 처음에는 오로지 이 둘 덕분으로만 속 편하게 극을 즐길 수 있다고 생각했다. 선겸의 무색무취 목소리를 알아차리기 전까지.

선겸의 성격은 목소리에서 가장 잘 드러난다. 나른한 목소리에서 여유가 느껴지고, 높낮이나 굴곡이 크게 없는 억양에는 조급함과 불안을 찾아볼 수 없다. 공식 홈페이지의 인물 소개란에 기재된 묘사에서도 그 면모를 찾아볼 수 있다. “태생적인 고귀함, 여유로운 몸가짐. 거기에 진실된 눈빛과 여유는 흉내 낸다고 되는 게 아니다.” 그는 자신의 경험과 가치관을 소중히 여기는 나머지, 타인에게도 같은 속도로 대한다. 고집이 있지만 무턱대고 맨스플레인을 하려 들지 않고, 누나, 엄마, 미주의 조언과 요청을 고분고분 따른다. SNS나 인터넷과는 담쌓고 지내서 유행어도 잘 모르니 제법 담백한 생활방식을 취한다. 무엇보다 미주가 밤낮이 바뀌어라 일만 하고 있을 때, 그는 옆에서 식사를 준비했다. 지금까지 드라마에서 남자 주인공을 위해 도시락을 만드는 것은 대부분 여자 주인공의 몫이었는데, 〈런 온〉은 선겸 특유의 여유로 역할 반전을 완전하게 빚어냈다. 미주와 잠시 이별했을 때는 헤어짐의 고통을 미주 탓으로 돌리지도, 다시 만나자는 생떼를 부리지도 않았다. 무엇보다 본가에 있는 동안 선겸이 한 일은 정원에 자주 놀러 오는 동네 고양이의 물과 끼니를 챙겨주는 것이었다. 고양이를 좋아하는 인물은 있었어도, 동네 고양이 사료를 챙겨주는 남성은 또 처음이라 퍽 신기하고 반가웠다. 〈런 온〉이 기선겸이라는 인물에게 부여한 성격, 태도, 가치관, 깨달음, 경험 등을 면밀히 들여다보니 드라마를 보는 동안 왜 불편한 제동 장치가 없었는지 알 수 있었다. 〈런 온〉은 여성 인물뿐만 아니라 남성 인물까지도 현대적 가치에 맞춰 설정값을 섬세하게 계산했다. 현실이 〈런 온〉의 세상과 비슷하게 나아가려면 어떤 변화가 필요한지 시청자들이 구체적으로 상상할 수 있도록 도왔다.

우리의 삶이 마라톤이라면

사람들은 자기만의 생애 레이스를 달린다. 장거리와 단거리, 구불거리는 산길과 매끈한 경기장, 공식과 비공식 등 그 형태의 차이는 있지만 레이스에 참여하지 않는 사람은 없다. 달리기란 도대체 어떤 행위일까. 오로지 끝이 있다는 정보 외에 아무것도 알 수 없는 일이다. 그조차도 종결 시점이 명확하지 않아서 막연히 끝날 거라는 기대 하나로 위안 삼아야 한다. 출발을 함께한 주자들은 각자 속도대로 흩어진 지 오래고, 레이스 내내 외로운 시간이 나를 매섭게 뒤덮는다. 혼자라는 강렬한 감각만이 남을 뿐이다. 타인과 함께 뛰는 구간이 있을 수 있지만, 온전히 내 의지로 몸을 움직여 앞으로 나아가야 한다는 점에서 여전히 고독하다. 완주를 마친 뒤의 행복과 성취감을 상상하는 것. 그 희망 하나로 레이스에 몰입한다.

미주는 자선 마라톤 대회에 출전한다. 하프 마라톤이니 꽤 해볼 법하다고 여겼다. 하지만 그런 생각도 잠시, 곁에 있던 사람들은 온데간데없이 사라졌고 빈 거리에서 미주만이 숨을 헐떡이고 있다. 어느 순간부턴 발을 드는 것조차 고역이지만 그래도 나아가야 한다. 이 마라톤의 목적은 저 끝에 있으니까. 그때 발걸음의 박자가 어긋나면서 미주는 풀썩 넘어지고, 불현듯 지금까지의 삶이 주마등처럼 스쳐간다. 호프집과 편의점 아르바이트로 채워진 나날들, 억울함만이 전부였던 부모 없는 아이의 청소년기, 그리고 극장의 어둠 속에서 처음으로 안락을 느껴 목메어 울던 순간. 나를 너무 고통스럽게 했지만 역설적이게도 살고 싶은 마음을 대변한 시간들이었다. 어느덧 고등학생 미주의 얼굴을 띤 그에게 예전에 선겸으로부터 들었던 질문 하나가 떠오른다. "그렇게 잘 달리더니. 뭘 뺏겨야 잘 달리나?" 미주는 천천히, 하지만 결연하게 다시 일어나 달린다. "아니. 안 뺏기려고 달리는 거야."

달리기를 완주하는 것이 진정 우리의 행복일까? 어쩌면 끝에 있는 피니시라인이 중요한 게 아닐 수도 있다. 미주의 달리기는 어디서부터 시작된 걸까? 결승선 말고, 출발지. 드라마는 그걸 묻는다. 나는 여전히 미완결로 남은 내 안의 결핍을 생각한다. 경주는 거기서부터 시작됐을 것이다. 우리는 사는 내내 각각의 결핍을 품에 안고 고달프게 달려간다. 이백만 년 전의 인간이 그랬듯 오로지 내 목숨을 수호하겠다는 본능 하나로 달린다. 단아가 영화에게 말했다. "영화야, 오래 살아." 이 말 안에는 여백이 있다. "(어떤 슬픔이 찾아오더라도) 오래 살아." 그리고 그건 우리에게 하는 말이기도 하다. 크고 작은 시름을 끊임없이 마주하겠지만 그래도 살라고. 슬픔의 출처를 딛고 달리다 보면 그제야 내 생이 눈에 보일 거라고. 중요한 건 그저 뛰고 마는(Run) 게 아니다. 계속해서 달려가는(Run on) 것. 우리의 삶은 몹시 연약하지만 지속하는 것만으로 강한 힘을 얻는다.

다음의 물음표

Q1. 등장만으로 가장 큰 충격을 안겨준 콘텐츠 속 여성 인물이 있다면 누구인가? 어떤 점이 충격적이었는가?

Q2. 〈런 온〉의 기선겸은 일상적인 맨스플레인을 하지 않았던 남성 인물이다. 이러한 비현실적인 인물이 우리에게 가상으로나마 필요한 이유는 무엇일까?

3장

나는 이걸 사랑이라 부르고 싶어

캠핑클럽

언니들이 돌아왔다

언니들이 돌아왔다. (방영일 기준으로) 어언 14년 만이었다. 〈캠핑클럽〉은 JTBC가 〈효리네 민박집〉에 이어 이효리와 함께하는 두 번째 예능이었고, 다시는 볼 수 없을 것만 같았던 핑클 멤버의 조합을 구현하면서 방영 전부터 시청자의 기대가 뜨거웠다. 사람들이 옛 시절을 추억하고 그리워한 건 MBC 〈무한도전〉의 '토요일 토요일은 가수다(이하 토토가)'에서부터였다. S.E.S, 쿨, 터보, 엄정화, 소찬휘, 김현정 등 90년대에 내로라하는 유명 가수들이 한데 모였고, 토토가의 순간 최고 시청률은 무려 35.9%에 달했다. 프로젝트는 성공적이었다. 출연진은 물론 시청자까지 잠시 그 시절에 다녀온 것처럼 긴 여운에서 빠져나오지 못했다. 하지만 안타깝게도 핑클은 그곳에 없었다. 멤버 각자의 개인 사정으로 모이는 데 어려움이 있었고 많은 이들의 아쉬움이 미완의 상태로 남게 되었다.

그때는 틀리고 지금은 맞다

첫 화부터 반응은 들썩였다. 네 멤버가 한자리에 모이자마자 오랫동안 묵혀온 울컥함이 TV를 타고 전파됐다. 사실 핑클을 얘기할 때, 그간 무성하게 떠돌아다닌 소문을 빼놓을 수는 없었다. 누구랑 누가 격렬하게 싸웠네, 누가 따돌림을 당했네, 개인적으로 연락 한 번 한 적이 없네 하는 이야기가 그들을 오랫동안 질리도록 쫓아다녔다. 그중에서도 그런 질문은 주로 이효리의 몫이었다. 토크 쇼에서 핑클 시절의 이야기가 나올 때면 멤버 간 관계에 관한 질문을 늘 받았다. '예전처럼 친하지 않다'는 진솔한 이야기는 유난히 부풀려지고, 심지어 성격이 좋네 마네 당사자를 평가하고 재단하는 잣대로 이용되기도 했다. 형체 없는 소문을 짊어지고 지냈을 멤버들이 모두 모였을 때 까닭 없이 마음이 일렁인 건 아마도 그런 이유때문이었을 것이다. 잘못한 거 하나 없이 소문에 가려져 다시는 못 모일 것 같았던 언니들을 이렇게 만나다니. 이제는 마주 앉아 밥도 먹고, 술도 나눠 마시며 흘러가 버린 날들을 되돌아 볼 수 있게 되었다.

본격적으로 캠핑을 시작하기 전, 잠깐 쉬는 틈에 노랫말에 대한 이야기가 나왔다. 1집 〈루비〉에 관한 이야기였다. "〈루비〉도 바람피운 거잖아, 남자친구가." 성유리의 말에 이진이 답한다. "지금 같았으면 이러는데. '야! 너 가져!'" 호방한 말들에 깔깔거렸다. 연인이 바람난 상황에 제대로 대응도 못하고 혼자 "I can't cry" 한다는 후렴구에서는 "애들이 참 수동적이지? 보내주긴 뭘 보내줘. 얻다 곱게 보내줘."라고 덧붙이기까지 했다. 그리고 화룡점정. "이 노래가 어떻게 끝나더라?"라는 누군가의 질문에 다 같이 마지막 소절을 부르며 파안대소한다. "난 여전히 너의 여자야~"

비웃음 섞인 농담을 주고받는 모습을 보니 어리기만 하던 여자애들이 자라 결국 '어른'이 되었다는 생각이 든다. 당연한 이야기라고? 보통 미디어에서 '소녀'는 자라나 '여자'가 될 운명을 타고 났다. 섹스 어필을 강조하기 위해 '어엿한 여자가 된 소녀'라는 수식어를 붙이기도 한다. 하지만 이들에게 성적 대상화의 덫은 더 이상 통하지 않는다. 그때가 틀렸다고 시원하게 말할 줄도 조롱할 줄도 아는 어른이 되었기 때문이다. 여자가 아닌 어른이 된다는 게 여성들에게 얼마나 귀한 일인지 새삼스럽기도 하다.

돌이켜 보면 우리에게도 추억의 얼굴을 한, 하지만 더 이상 들을 수 없는 노래들이 있다. 그때는 아무 생각 없이 신나게 즐겼지만 이제는 차마 들어줄 수도 없게 된 것들. 쿨의 〈남녀 해석〉은 성차별을 죄의식 없이 일반화했고, god의 〈관찰〉은 관음 그 자체다. 2PM의 〈10점 만점에 10점〉은 여성 외모 평가의 끝판왕. 노래 속에 내재된 일상적인 여성혐오가 고막을 파괴한다. 반면에 땅바닥에 앉아 김밥에 라떼를 곁들여 먹는 언니들이 이런 이야기를 나누다니. 과거의 영광을 되찾고 싶어 하는 우리의 오빠들이 과거의 노래 가사가 잘못된 것 같다는 이야기를 한 적이 있었나? 없다. 이유는 간단하다. 그게 틀렸다는 걸 그들은 알 필요도, 관심도 없으니까.

해가 지자 강가 근처로 냉기가 올라왔다. 추위를 피하기 위해 모닥불을 피우고 핑클 멤버들이 둥그렇게 둘러앉았다. 그러던 중 한때 다리를 꽁꽁 감추고 다닌 이진의 이야기가 흘러나왔다. 다른 멤버들에 비해 다리가 두꺼운 것 같아서 매일 긴 바지만 입고 다니던 시절의 이야기였다. 어린 나이부터 대중 앞에서 A부터 Z까지 세밀하게 평가받는 게 일이었으니 그 움츠러듦이 이해 가지 않는 것은 아니었다. 그때 성유리가 말한다. "도대체 왜 다리를 가리고 다녔을까? 두껍지도 않은데."

2000년대 초반, 이진이 하체 다이어트에 도움이 됐다고 밝힌 요가 동작은 '이진 하체 요가'라는 이름으로 일파만파 퍼져나갔다. 그보다 훨씬 전에는 바지만 고집하는 건 다리털이 수북해서라는 악질적인 소문이 따르기도 했다. 핑클 멤버들은 머리카락부터 발가락 모양까지 어느 것 하나 생긴 대로 내버려 둘 수 없었을 것이다. 비록 살아보지 않은 삶이지만 어쩐지 알 것만 같다. 그래서인지 성유리의 말이 자꾸 마음을 찌른다. '도대체 왜 가리고 다녔을까?' 그러게나 말입니다. 〈캠핑클럽〉이 끝난 뒤에는 좀 달랐을까? 방송이 매 회 끝날 때마다 온라인 기사가 쏟아졌고, 이들을 향해 또 다른 방식의 평가가 이어졌다. '40대라고는 믿을 수 없는 외모', '성유리 세안법', '20대랑 똑같이 빛나는 동안'. 칭찬을 가장한 외모 평가들이 화수분처럼 멈출 줄 몰랐다. 세상도 핑클도 이렇게 변하는데, 미디어가 이들의 이야기를 받아들이는 속도는 현저히 더뎠다.

우리의 언니

모닥불 사이로 의미 없는 말들이 금세 휘발됐다. 나는 여성 특유의, 다정함을 베이스로 한 무의미한 농담이 좋다. 남성 출연자들이 떼로 나와서 보여주는 서열 문화나 지저분한 유머, 아무도 웃기지 않는 몰래카메라, 얼굴이나 배를 때리는 가학한 장난도 없으니 어찌나 무해하고 평온한지 모른다. 사실 〈캠핑클럽〉에서 멤버들이 한 거라곤 먹고, 집 짓고, 쉬다가, 야한 이야기를 빙자한 생리현상 농담을 하면서 장난치고, 다시 먹는 것뿐이었다. 여느 여자들이 모여 노는 평범한 모습이 전부였다. 그래서였을까. 이들을 보며 웃음이 그치지 않는 동안 현실 속 친구들이 떠올랐다. 역시나 먹고, 눕고, 실없는 농담을 건네다 또 먹는 친구들. 장난을 벗 삼아 누군가를 소외시키지 않는 서열 같은 것과는 영 거리가 먼 친구들.

듣기로 소녀시대 멤버들이 〈캠핑클럽〉 이후에 서로가 보고 싶어 급하게 모였다고 한다. 그 말에 얼마나 마음이 찡했는지 모른다. 핑클 멤버들이 '우리가 그때 그래서 힘들었는데' 하면서 나누던 연대와 공감은 그걸 보고 자란 소녀시대에게 내려올 테고, 또 그 마음은 다른 후배 걸그룹에게 전해질 거다. 남성 연예인들이 불법 촬영, 약물 강간, 성추행 등 각종 성범죄로 논란이 되는 와중에 여성들은 서로를 지켜주고 위로하고 사랑한다. '언니'라는 이름만으로도 수많은 감정을 공유하는 이유기도 하다. 우리의 언니들이 돌아왔다. 이번에는 예전처럼 어쭙잖은 평가와 악플, 신경전으로 노출되지 않게 할 것이다. 우리가 그들을 지켜주고 위로하고 사랑할 차례다.

다음의 물음표

Q1. 아무리 흘려 들으려고 해도 들을 수 없는 노래가 있다면 무엇인가? 가사의 내용과 어떤 점이 불편한지 말해 보자.

Q2. 여성 연예인들의 재회를 다루었던 프로그램으로 무엇이 생각나는가? 그것이 어떤 감정을 불러일으켰나?

나영석이 아니어도

2019년 여름, tvN 〈삼시세끼 산촌편〉이 방영 홍보로 한창일 때 눈에 가장 먼저 들어온 건 '삼시세끼 여자판' 이라는 문구였다. 염정아를 필두로 두 명의 '여배우'가 더 나온다는 보도자료도 함께 접했다. 시즌별로 출연진이 바뀌는 건 자연스러운 구성 변화인데도 이 음흉한 표현을 도저히 이해할 수 없었다. 〈삼시세끼〉는 원래 남자들만 나올 수 있는 프로그램이었던가?

'여자판'이나 '여배우'라는 말에 숨겨진 의미는 이렇다. 사실 이건 스핀오프쯤에 불과하고 원형은 남성에게 있다는 것. 하지만 그도 그럴 게, 2014년 〈삼시세끼 정선편〉을 비롯해서 총 7개의 시리즈가 이어졌지만 〈삼시세끼〉에 여성 출연자가 메인으로 등장한 적은 한 번도 없었다. 그러니까 5년은 지나서야 말 그대로 '삼시세끼 여자판'이 나온 거다. 이서진, 옥택연, 유해진, 차승원, 손호준, 남주혁, 에릭, 윤균상 등이 출연해 시청자에게 주목받는 동안 여성은 게스트가 될 뿐이었다.

가뭄에 콩 났다

나영석 PD는 방송계 남성중심문화를 선도하기로 유명하다. KBS 〈1박2일〉을 시작으로 tvN 〈꽃보다 할배〉와 〈꽃보다 청춘〉, 〈알쓸신잡〉에서 대부분 남성 출연자를 기용했고, 화룡점정으로 〈신서유기〉 시리즈에서는 각종 범죄에 연루된 연예인들을 자체 용서하고 복귀시키는 데 힘썼다. 〈꽃보다 누나〉가 있지 않냐고? 제작 공동인터뷰에서 "여배우가 다른 남성 출연진들보다 5,000배 예민"하다고 유난이었던 게 누구더라. 〈꽃보다 누나〉와 관련해 나영석 PD가 'eNEWS 24'와 나눴던 인터뷰 기사의 일부다.

> 무엇보다 보통 사람보다 5,000배는 예민한 여배우들의 눈치를 살피는 게 가장 힘들었다는 뒤늦은 하소연이 이어졌다. 〈꽃보다 할배〉 때의 여행과 어떤 차이가 있었냐는 질문 뒤에 나온 답변이었다. "티저 영상만 보더라도 굉장히 많은 차이를 느낄 수 있을 겁니다. 여자들은 잠자리, 화장실만 바뀌어도 힘들어하더라고요. 저

도 여자를 많이 배웠다고 생각하고, 승기도 많이 배웠다고 생각하지만 미처 생각지도 못한 곳에서 문제가 발생했죠." 여배우들을 통제하는 부분에 대해 묻자 그의 고개가 좌우로 흔들린다.

가뭄에 콩 나듯 제작된 여성 출연진 중심의 〈삼시세끼 산촌편〉은 대중의 이목을 집중시키기에 충분했다. 1회 시청률 7.2%로 순항을 시작했고, 최고 시청률 10.3%를 기록하며 동시대 프로그램 1위를 달성하기도 했다. 당시 시청자 평가에서 프로그램 선호 이유로 유독 많이 언급된 게 있었으니, 바로 세 출연진의 관계에서 오는 '편안함'이었다. 매 끼니 메뉴가 정해지면 세 멤버는 각자 할 일을 스스로 찾아 열심히 집중했다. 일의 균형이 잘 유지되었고, 어느 누구도 자기의 일만을 최우선으로 여기지 않았다. 육체적으로 힘이 부칠 때면 융통성 있게 메뉴를 바꿨고 누군가 일이 넘치면 스스럼없이 서로의 손을 보탰다.

이런 장면은 한국의 협동 노동 중 역사적으로 가장 오래된 '품앗이' 문화가 여성들에게 어떻게 전수되어 왔는지 가늠하게 했다. 구성원의 일손이 전부였던 옛 시절처럼, 그들은 누군가 버거워할 때마다 돕기를 자처했다. 노동 앞에서 경력이나 나이 정렬은 없고, 그보다는 내가 하지 않으면 저들이 힘들어질 거라는 배려만이 남아 있었다. 서열과 체계를 떠나 당장의 공동 목표를 두고 단계별로 분배를 반듯하게 나눌 땐 우리네 김장철 풍경이 떠오르기도 했다.

무엇보다 저보다 어린 여성에게 '애기'라고 부르며 걱정하고 안아주는 모습은 이들의 다정하고 평등한 관계성을 보여주면서도 제법 익숙한 장면으로 다가왔다. 박소담이 불 피우다 연기 때문에 눈물을 훔치면 염정아는 커피로 입을 축여주었고, 요리하다 간 볼 때 소담이 멀찍이 떨어져 있으면 윤세아가 "에고, 우리 애기." 하면서 한 입이라도 더 먹여주었다. 밥을 좋아하는 박소담이 고기만 먹어야 할 때 염정아가 건넨 질문은 "밥 퍼올까, 아가?"였다. 그들은 그렇게 불렀다. 우리 소담이, 우리 애기 하면서. 나중에 박소담이 (당시) 스물아홉 살인 것을 알고 난 뒤에 나는 박수를 치며 웃었다. 그리고 집단마다 막내로 있던 내 주변의 여자들을 떠올렸다. 한 번쯤 우리가 등 언저리를 토닥토닥 두들기고, 안아주고, 머리를 새로 쫑 묶어주던 우리들의 막내들을. 여자들은 그랬다.

분위기 깨지 마세요

여느 〈삼시세끼〉가 그러했듯 산촌편에서도 첫 게스트가 등장했다. 배우 정우성이었다. 노래를 부르며 염정아에게 보일 듯 말 듯 장난치는 순간은 연출이 몹시 아름다워 마치 청춘 영화 같기도 했다. 이렇게만 이어지면 좋았으련만. 정우성이 불 떼는 일을 맡으면서 그의 태도는 조금씩 남부끄러워졌다. 정우성은 계속해서 자신에게 주어진 과업을 얼마나 잘 수행했는지 무던히 피력했고, 세 명의 출연자와 제작진은 그에 맞춰 칭찬을 아끼지 않았다. 정우성의 말은 시종일관 이런 것이었다. 된장찌개가 맛있게 되자 "불이 좋아서 그래.", 소시지를 구울 때엔 "모든 게 다 불에서 시작하는 거야.", "일반 소시지가 이렇게 요리로 승화됐어.", "소시지는 불이 구웠지. 불은 내가 만들었고.", 또 커피콩을 볶으면서는 "괜히 불안하네? 커피까지 맛있는 거 아니야?"

아이참, 불 얘기 좀 그만 할 수 없을까? 〈삼시세끼〉가 애초에 자급자족을 콘셉트로 둔 순간부터 출연자의 노동은 프로그램의 가장 기본적인 최소한의 구성 요소일 수밖에 없다. 그런 이유로 많은 이가 땀 흘려 물고기를 잡고, 땅을 파고, 요리를 했던 것인데 이런 생색은 정말이지 낯설기 그지없다. 심지어 홈페이지에 프로그램 기본 정보도 이렇게 명시되어 있다. '스타들이 시골에서 세 끼를 스스로 해결하는 모습을 그린 야외 버라이어티 프로그램.' 물론 칭찬이야 누구에게나 유용하다. 그저 예능 프로그램에서 웃자고 괜히 능글댄 것일 수도 있다. 다만 이 유난스러움이 프로그램에 그렇게 필요한 것일까? 그러니까 정말로 '이게 웃긴지' 의문이 든다. 다들 비지땀 구슬땀 흘려가면서 노동에 임하는 건 똑같은데 왜 굳이 그의 으스댐만 웃으며 받아들여야 하는지 도통 알 수 없는 노릇이다. 게다가 〈꽃보다 누나〉의 공식 인터뷰에서 여성 배우들이 까다로웠다고 말한 나영석이 정우성의 응석 아닌 응석을 그렇게 잘 받아줄 줄이야. 정우성을 향한 나영석의 태도가 얼마나 참한지, 자막에도 이렇게 표기된다. "깍-듯."

사실 다들 알고 있잖아요

바로 다음, 두 번째 게스트는 배우 오나라였다. JTBC 드라마 〈SKY 캐슬〉 이후 오랜만에 만난 배우들은 서로 안기고 볼을 비비며 반가움을 표했다. 친한 동료가 방문한 만큼 분위기는 무척 화기애애해졌고, 방금 도착한 오나라는 한 치의 망설임 없이 모든 일거리를 기꺼이 도왔다. 그는 살림살이를 잘 다룰 줄 아는 듯했다. 수도꼭지에 연결된 고무호스를 더 편리하게 바꿔주고, 계획한 것과 달랐던 샐러드 소스도 맛있게 살려냈다. 텃밭에 배추 모종을 심으면서 "나라가 같이 하니까 진짜 시간이 절약된다."는 염정아의 말에 "도움이 돼서 다행이네."라고 쑥스럽게 답할 때, 이 담백한 태도가 얼마나 그리웠는지 그제야 알았다. 오나라가 처음 만난 박소담의 피로를 걱정하면서 또 여자들만의 '애기 타임'이 만들어졌다. 다시 편안해졌다.

"우리가 제일 편한 사람이 오는 게 좋은 것 같아." 염정아가 말했다. 시청자도 그렇다. 염정아, 윤세아, 박소담이 삼시세끼를 걱정하는 것 외에 다른 고민을 만들지 않는 사람이 오는 게 가장 좋다. 많은 이가 '역시 나영석'이라며 〈삼시세끼 산촌편〉을 칭찬할 때, 나는 그 사이에 놓쳐버린 몇 문장을 더하고 싶다. '시기적절하게 여성 출연진을 배치한 나영석의 눈치와 영리함이 놀랍지만, 나영석의 프로그램이 아니더라도 염정아, 윤세아, 박소담 조합이라면 무조건 대성했을 것이다.'

다음의 물음표

Q1. 여성 출연자 간의 관계성이 잘 드러났던 관찰 예능이 있다면 무엇인가? 불편했거나 만족스러웠던 장면을 꼽아 보자.

Q2. 남성 출연진 중심으로 꾸려졌던 프로그램 중 여성 출연진 중심으로 바뀐 프로그램이 있다면 무엇이 있나? 전과 후에 어떤 차이가 있나?

퀸덤

유일한 처음

Mnet 〈퀸덤〉은 총 여섯 팀의 걸그룹이 출연해 시청자와 현장 방청객의 투표를 받기 위해 경쟁하는 아이돌 경연 프로그램이다. 각 팀이 한날한시에 앨범을 발매한다는 콘셉트로 무대 위에서 각축을 벌이면서 일명 컴백 전쟁을 선포했다. 박봄부터 러블리즈, 마마무, 오마이걸, (여자)아이들, AOA까지 매회 하나의 미션을 두고 새로운 무대를 꾸리고자 고군분투하는 모습을 가감 없이 보여주었다. 그런데 그 과정이 기존 경연 프로그램과는 사뭇 다르다. 경쟁은 있지만 과열되지 않았고, 여자들이 나오지만 여성성을 강조하지 않았다. 이 변화를 크게 세 가지로 정리했다. 〈퀸덤〉을 기점으로 아주 많은 것이 바뀔 거란 걸 직감했다.

욕망 가리지 않기

여느 경연이 그러하듯 〈퀸덤〉도 공연 무대를 마친 뒤에 순위를 매긴다. 현장 방청객의 투표를 비롯해서 출연진들이 자신의 무대보다 '한 수 위'와 '한 수 아래'를 꼽아 점수를 합산하는 것이다. 초반에 이 과정이 억지로 경쟁구도를 부추기는 것 아니냐는 우려를 불러일으키기도 했지만, 장성규의 경쟁 유도 발언에 이다희가 건넨 말이 모든 걱정을 종식시켰다. "아니, 성규 씨. 옳지 않아요. 분위기를 이렇게 조성하는 건 자제해 주시기 바랍니다. 저희는 컴백을 두고 제대로 붙어보자는 판을 깔았을 뿐이지 기본적으로 평화를 지향합니다."

첫 번째 경연 순서를 구성하던 1화에서도 비슷한 맥락의 장면을 볼 수 있었다. 무대 큐시트를 짜는 규칙은 이러했다. 제한 시간 내에 자신의 팀이 원하는 순서에 이름표를 붙이는데, 시간이 종료된 후 이름표가 떼어져 있는 팀은 페널티 -1,000점을 받는 것이다. 제한 시간 직전에 달려나가 다른 팀의 이름표를 무작위로 떼어내면 아비규환 속에 귀한 성취를 얻을 수 있는 상황이었다. 당일 해외 스케줄로 불참한 (여자)아이들이 페널티를 받을 가능성은 더욱 높았다. 프로그램 취지에 맞춰 경쟁과 우승에 철저히 집중했다면 우리 팀이 우승할 확률을 높일 절호의 기회기도 했다. 마감까지 몇 초를 남기고 모두가 이름표를 떼어버릴까 말까 하면서 술렁일 때 오마이

걸의 유아가 말한다. “그래, (이름표) 떼지 말자. 우리가 떼였다면 정말 슬펐을 거야.” 이어 러블리즈의 미주가 개인 인터뷰에서 당시 속마음을 전한다. “정말 떼고 싶었어요. 왜냐하면 그게 기회일 수 있는 거잖아요. 근데 오마이걸에서 자기였어도 슬펐을 거라고 하는 거예요. 그때 ‘맞아, 내가 떼였어도 슬펐겠지’ 싶더라고요.”

이 말을 들었을 때, 두 가지 생각이 들었다. 첫 번째로는 그들의 뛰어난 공감력에 마음이 뭉클했다. 걸그룹의 마음을 아는 게 걸그룹뿐인 것 같아서, 이렇다 할 친분이 없어도 서로만이 이해하는 동료애가 제삼자에게도 그대로 느껴졌다. 심지어 그 자리에 없는 사람을 걱정하는 마음까지도. 그리고 두 번째로 찾아온 것은 너무나 익숙한 공포감이었다. 미주가 사실은 이름표를 떼고 싶었다고 말했을 때, 문득 프로그램에서 만든 엔터테인먼트 장치가 이토록 활용되지 않은 적이 있었나 싶었다. 심지어 떼고 싶은 사람이 있는데 왜 아무도 이름표를 떼지 못했을까. 그러니까 왜 아예 ‘떼는 행위’를 시도도 못 했을까.

익숙한 공포감이라는 말은 출연자와 시청자의 경험을 동시에 가리킨다. 경연 프로그램에서 여성들이 욕망을 내비칠 때마다 질타와 비난은 참 쉽게 이어졌다. 〈슈퍼스타K〉의 김그림이 그랬고, 〈쇼미더머니〉의 육지담이 그랬다. 목적에 충실하면 이기적인 사람이 되고, 나보다 타인을 배려하면 우승에서 배제됐다. 실수라도 하는 날이면 조롱이 되어 유행어처럼 떠돌아다녔다. 그렇게 방송 뒤편으로 여자들은 사라졌고 나중에 시간이 흐른 뒤에야 근황을 알리는 프로그램에서 만날 수 있었다. 걸그룹 당사자의 마음은 어떨까. 데뷔 이후 살얼음 위를 걷는 경험이 축적되었을 테고, 동료 여성 연예인이 사소한 일에도 쉽게 비난받는 모습을 바로 옆에서 목격해 왔을 것이다. 이름표를 떼지 못한 맥락이 충분히 이해가 간다. 〈퀸덤〉이 걸그룹의 경쟁을, 시기나 싸움이 아닌 경쟁 그 자체로 정리한 장면은 이 경연의 주인공을 시청자가 아닌 가수들이라고 선언한 것이나 다름없었다. 우리에겐 그들의 욕망을 비난할 권리가 애초에 없다는 의미도 함께 전달한 것이다.

잠재력 지우지 않기

처음 〈퀸덤〉이 화제로 떠올랐던 것은 2차 경연 당시 AOA가 만든 〈너나 해〉 무대 이후였다. (AOA 지민의 탈퇴 이전에 작성한 것으로, 글에서 뺄 수 없는 중요한 맥락이므로 부분 삭제하지 않겠다.) AOA는 다른 팀의 곡을 커버하는 미션에서 마마무의 〈너나 해〉를 맡게 되었다. 그리고 이어지는 전례 없던 무대. 평소와 달리 멤버들은 각진 정장과 굽 낮은 구두를 착용했고, 시종일관 냉철한 무표정을 유지했다. 화룡점정으로 보깅댄스를 하는 남성 댄서들이 여성의 전유물로만 여겨지던 민소매와 짧은 바지, 하이힐을 신고 등장하며 모든 출연진을 놀래켰다. 허리를 꺾으며 유혹하는 듯한 섹슈얼한 동작 또한 모두 남성 댄서의 몫이었고, AOA는 그에 반해 무심하고 절제된 태도를 이어갔다. 화려한 분장으로 아름다운 남성 댄서들이 무대 전면에 서있을 때엔 멤버들은 뒤에서 클라이맥스를 유유히 기다릴 뿐이었다. 그 여유로움이 무대 위의 근엄이 될 수 있는 권력인 걸 깨닫지 못한 사람은 아무도 없었다. 4분 남짓 되는 짧은 시간 동안 전통적인 남녀의 성 고정관념을 정면으로 전복시켰고, 그간 '여성의 것'으로 여기던 차림새와 춤 동작의 경계선이 모조리 지워지고 말았다. 공연을 마친 뒤 AOA가 벅찬 목소리로 말한다. "이거 우리가 진짜 예전부터 하고 싶던 거잖아!"

방영 이후, 수많은 극찬 중 가장 대두됐던 내용은 'AOA가 노래를 이렇게 잘하는지 그동안 몰랐다'는 것이었다. 아쉽게도 나도 그랬다. 그간 뒤태, 아찔, 야릇, 섹시, S라인 등 저급한 수식어에 가려진 그들의 목소리와 표정이 비로소 제자리를 찾은 것이다. 어디 AOA만의 얘기일까. 출연진들은 무대를 마칠 때마다 이렇게 새로운 모습을 보일 '기회'가 얼마나 소중한지 거듭 말했다. 숲속 요정 콘셉트를 유지하던 오마이걸의 유아는 가장 하고 싶은 무대로 마피아 여성 두목 콘셉트를 꼽았고, 러블리즈 케이는 지금껏 걸그룹 노래 외에 다른 장르를 시도할 기회가 없었다고 고백했다. 할 수 있는 것도 하고 싶은 것도 많지만 어느 곳에서도 궁금해하지 않았기에 걸그룹의 재능은 그렇게 숨겨졌다. 이들이 얼마나 오랫동안 이게 나의 전부가 아니라는 아쉬움을 가지고 다른 무대를 갈망했는지 알 수 있었다.

지금까지 대중이 걸그룹에게 요구하던 것을 한 문장으로 정리하면 이렇다. 성인의 성숙한 신체에 아무것도 모른다는 순진무구한 표정을 짓고, 밝고 명랑한 성격으로 모두에게 친절할 것. 이 문장을 나열하니 〈퀸덤〉의 세계가 진정 안정되고 편안해 보인다. 게다가 그들이 직접 무대를 구성하고 기획하는 단계부터 진두지휘하는 모습을 보면 단순히 어리고 귀여운 소녀가 아니라 야욕 넘치고 프로페셔널한 직업인이 보이기 시작한다. 그동안 걸그룹을 한데 모아 애교 대결을 시킨 게 얼마나 우스운 일이었단 말인가. 그토록 갈구하던 무언가 되기 위해 적극적으로 임하는 여자들을 보는 것으로 충분하다. 얼마나 많은 여성 아이돌이 자신의 잠재력을 가리도록 훈련받았는지 헤아려 보다가 이런 기회가 없었다면 사람들은 그 진면목을 영영 볼 수 없었을 거라는 생각에 마음이 서늘해졌다.

서로 사랑하기

경쟁이 경쟁다울 수 있도록 정리하고, 욕망을 그대로 실현할 기회를 주었더니 걸그룹에겐 어떤 일이 벌어졌을까. 서로 사랑했다. 서로의 마음을 누구보다 잘 공감하면서 동료로서의 처지와 환경을 깊이 이해했더랬다. 박봄이 듀엣 미션곡 〈허수아비〉를 부르다 '모두 떠나가도 혼자 서있는 허수아비처럼'이라는 가사에 울음을 터뜨렸을 때 모든 출연진은 그의 외로움을 이해했고, 오마이걸 효정이 연예계 생활에 북받쳐 할 때 말없이 안아준 것도 박봄이었다. 어찌 눈물만이 그들의 유대감을 증명할까? 공연 도중 누군가 실수로 발을 삐끗하면 모두가 나서서 "괜찮아! 별일 아니야!" 하고 외치고, 무대를 마치면 항상 멋있었다고 응원한다. 다른 누구도 아닌 우리가 봤고, 우리가 안다면서.

이제는 더 이상 누가 이 게임의 우승자가 될지는 중요하지 않다. 여성이 주목받는 것만큼 그 과정도 중요한데 〈퀸덤〉은 기존 남성중심적인 시선을 최대한 거두고 걸그룹 출연진이 능동적으로 선택하고 주체자가 될 수 있도록 무대 중심에 배치시켰다. 이 모든 게 처음인 터라 모두에게 몹시 귀중한 경험이었다. 프로그램이 호평받던 당시, 제작진이 〈퀸덤〉의 시청률이 오르면 남자 버전인 〈킹덤〉을 제작하겠다는 인터뷰를 접했다. 처음 기사를 봤을 때 미온적이다 못해 당혹스럽기까지 했다. 〈퀸덤〉의 화제성 앞에서 시청자가 무엇 때문에 꼬박꼬박 챙겨보게 되었는지 정작 제작진만 모르는 것 같았다. 게다가 '〈퀸덤〉의 시청률이 오르면'이라는 전제 조건은 마치 〈퀸덤〉은 실험적인 시도고, 본편은 〈킹덤〉에서 시작한다는 느낌마저 주었다. 지금껏 다른 방송에서도 찾을 수 없던, '걸그룹 필터'를 거두는 법을 이제야 알았는데 다시 남성의 자리를 만들다니. 단언컨대 시청자가 원하는 것은 다른 게 아니다. 〈퀸덤2〉다.

다음의 물음표

Q1. 걸그룹의 선입견을 견고하게 하는 데 일조했다고 생각한 프로그램이 있다면 무엇이 떠오르나? 프로그램의 어떤 점이 문제였으며, 어떤 선입견을 만들었다고 생각하나?

Q2. 테일러 스위프트의 색다른 모습을 담은 다큐멘터리, 넷플릭스 오리지널 〈미스 아메리카나〉에서 테일러 스위프트는 대중이 여성 가수에게 요구하는 방식을 이렇게 표현했다. “새로워져라, 어려져라, 우리가 원하는 방식으로만 변화해라. 그리고 자신을 재창조해라. 우리가 보기엔 편하지만 당신이 하기엔 어려운 걸로.” 이 말을 배경으로, 기존 이미지와 다른 모습을 시도하는 걸그룹을 바라볼 때 시청자에게 가장 필요한 자세와 태도는 무엇이라고 생각하나?

블랙독

서현진과 라미란이라는 공식

'블랙독(Black dog)'은 그저 색이 검다는 이유로 검은 유기견 입양을 꺼리는 현상을 말한다. 실제로 검은 털의 개가 흰 털의 개보다 입양에서 소외된다고 하니 선입견이란 게 태생적인 미움까지 만들어 내는 모양이다. 이 미움이 일터에서 발생하면 혼자 감내해야 할 몫은 현저히 커진다. 저도 모르게 생겨난 오명이 기정사실처럼 퍼져 나가는 동안 당사자는 서러움을 꾸역꾸역 억누르며 평소처럼 일해야 한다. 누군가 블랙독으로 변해가는 것에 우리는 아무런 영향을 주지 않았을까? 순수하게 그의 잘못으로만, 우연히 생겨난 오해만이 블랙독을 만들어 냈을까? 나의 침묵의 죗값을 돌아볼 시간이다.

학교의 여집합, 고하늘

tvN 드라마 〈블랙독〉의 주인공 고하늘은 어려서부터 이렇다 할 친구가 없는 외로운 구석이 있는 아이였다. 잘 따랐던 선생님은 버스 전복 사고가 일어났을 때 고하늘을 구하다 세상을 떠났다. 그의 죽음을 두고 어른들이 가장 먼저 건넨 건 다급한 변명이었다. 그가 정교사가 아닌 기간제 교사기 때문에 희생에 대한 보상을 일절 해줄 수 없다는 것이다. 가진 게 많은 이들은 아무것도 잃지 않았고, 가진 게 많지 않은 이는 그마저도 잃게 되었다. 김 선생의 유가족이 오열하는 모습을 멀리서 지켜보면서, 고하늘은 그의 뒤를 따르기 위해 반드시 선생이 될 것을 다짐했다.

하지만 그를 기다리는 것은 오로지 지난한 현실뿐이다. 임용고시 경쟁률은 매년 치솟고, N번째 낙방만 반복하고 있다. 실제로 고하늘의 전공인 국어과의 경우, 2020중등임용고시 경쟁률은 29.9:1을 기록했다. 대략 30명 중 한 명 꼴로 겨우 정교사가 된다는 의미다. 게다가 합격하더라도 공석이 날 때까지 대기 발령 상태로 기다려야만 한다. 교편을 잡기까지 미래를 보장해 줄 수 있는 건 아무것도 없다. 임용고시에 떨어진 교사 지망생들은 현실에 따라 눈을 조금씩 낮췄고, 그렇게 고하늘도 대치고등학교의 기간제 교사가 되는 걸 선택했다. 어렵게 현실과 타협하고, 어렵게 면접을 보고, 어렵게 적응하려는데 하늘을 둘러싼 학교의 분위기마저 심상찮다. 그의 삼촌인, 같은 학교 교무부장의 도움으로 학교에 들어왔다는 소문이 무성해지면서 다른 기간제 교사 동료들로부터 따돌림까지 받게 된 것이다. 학교는 그를 받아줄 마음이 있긴 한 걸까. 학교가 포용한 모든 것으로부터 유일하게 제외된 여집합, 그게 고하늘이다.

박성순과 고하늘, 라미란과 서현진

진학부 박성순 부장은 입시 정보와 학생들 성적, 수능 현황 등을 줄줄 꿰는 베테랑 선생이다. 학교 내 파벌과 정치 싸움보다는 오로지 아이들을 1순위로 생각하며 무심한 사랑을 전한다. 탄탄한 경력과 정보력으로 학원가에서 러브콜이 이어지기도 하지만, 집안 형편이 어려운 아이들도 학교에서 양질의 정보를 얻을 수 있어야 한다며 결코 흔들리는 법이 없다. 그런 그는 여기저기서 미움을 독식하는 하늘을 멀리서 바라본다. 약육강식이 뚜렷한 학교라는 정글은 아이들뿐만 아니라 교사들의 세계에서도 그대로 적용되고 있었다.

〈블랙독〉이 첫 방영되었을 때 시청자의 반응은 크게 두 가지로 나뉘었다. 현실 고증을 탄탄하게 반영했다는 것과 너무 현실적인 나머지 차마 보기 힘들다는 것. 드라마는 초반에 전반적으로 배경 음악을 깔지 않는다. 타자 소리, 전화벨 소리,

대화 소리 등이 날것 그대로 들려오고 소음 뒤편에 짙게 깔린 적막도 고스란히 느껴진다. 누군가 말한 '퇴근하고 집에 왔는데 여전히 사무실에 있는 것 같은 숨 막힘'이라는 표현을 십분 공감하게 된다. 무거운 분위기는 고하늘의 마음을 대변한 걸까. 자신에게만 불친절한 환경에 잔뜩 위축되어 돌연 짐을 싸는 그에게 박성순 부장이 한마디 건넨다. "이쯤에서 관두는 것도 괜찮지 뭐. 다 떠나서 어쨌든 먼저 학생 포기하는 선생은 선생 자격 없는 거 아니겠어요?" 날카로운 말이다. 도망을 선택이라고 바꿔 생각해 볼 심산이었지만 예리한 성순의 말이 가슴에 비수처럼 꽂힌다. 모두가 무관심으로 일관하고 뾰족한 시선으로만 하늘을 바라보는 동안 성순은 아플지언정 필요한 조언을 건넨 유일한 사람이었다.

이어진 봄방학. 박성순은 방학에도 진학부 업무를 위해 이른 오전부터 늦은 저녁까지 매일매일 학교로 출근한다. 그리고 성순 뒤로 하늘이 보인다. 하늘은 하루도 빠짐없이 성순보다 더 이르게 와서 늦게 돌아갔다. 하루는 여느 날처럼 박성순이 출근을 마쳤는데 이상하게도 깨끗이 정리된 고하늘의 책상을 보자마자 다시 집으로 돌아가려 했다. 그제야 알았다. 사실 성순은 학교에 중요한 업무가 있어서가 아니라 하늘을 위해 학교에 나왔던 것이다. 하늘이 정말로 포기한 거라면 교무실에 더 있을 이유가 없으므로 집에 돌아가려던 참이었다. 바로 그때, 텅 빈 교실에서 교탁 앞에 서서 홀로 울고 있는 고하늘을 멀리서 목격한다. 진짜 선생님이 되고 싶다는, 고하늘의 소리 없는 아우성을 박성순만이 들었다.

지금까지 신입 사원과 그의 성장을 도모하는 선배 역할로 이미 〈미생〉의 장그래와 오상식 차장이 대중에게 강하게 각인돼 있었다. 〈블랙독〉이 첫 방송을 앞두고 홍보할 때 '학교판 〈미생〉'이라고 일컬었던 이유도 여기에 있다. 그들의 브로맨스(Brother romance)는 늘 애정 어린 독설과 거나한 술자리로 완성됐다. 하지만 서현진과 라미란의 워맨스(Woman romance)는 서로에게 지나치게 친절하지 않지만 배려와 다감성이 잘 느껴진다. 상처가 될 만한 말을 조언으로 건네거나 억지 술자리를 조성하지 않는다. 그보다는 하늘에게 벌어지는 굴곡의 굽이굽이마다 성순이 묵묵히 함께한다. 집으로 돌아가는 버스 안, 기간제 2년 차가 된 하늘에게 성순이 말한다. "제가 보기엔 선생님도 이제 거의 다 왔어요. 여기서 1년만 더 버텨요. 내가 진학부에서 딱 버티고 있어줄 테니까."

외로운 생활이 고역이었던 하늘에게 그동안 '버틴다'는 말은 어떤 의미였을까. 살아남기 위해 꿋꿋이 견디는 것, 악착같이 남아 있는 것, 어떤 상황에도 맞서내는 것이었을 거다. 하지만 박성순이 건넨 말과 동시에 두 번째 의미가 생겨났다. 문제 상황이 생겨도 어긋나지 않도록 함께 지탱하는 것. 넘어지지 않게 받쳐주는 것을 '버팀목'이라고 부르는 이유가 여기에 있다. 서로가 서로에게 버티고 있었다.

학교의 여자들

서현진과 라미란, 두 배우는 다양한 필모그래피를 쌓아왔지만 대부분 익숙한 범주의 스펙트럼 안에 있었다. 서현진이 로맨스물의 사랑스러운 푼수 역을 주로 맡았다면, 라미란은 천연덕스럽고 재치 넘치는 기혼 여성으로 자주 등장했다. 대중은 이들을 언제나 반기면서도 한편으로 또 다른 모습을 보고 싶어 했다. 방송국이 안전한 시청률에 만전을 기하는 동안 이름 모를 아쉬움이 그렇게 쌓여갔다. 〈블랙독〉이 여-여 주인공 구조 이상의 의미를 갖는 이유도 여기서 비롯된다. 라미란은 특유의 코믹 연기를 가미했지만 엄격하고 강단 있게 소신을 지키는 모습을 보였고, 서현진은 논로맨스 플롯에서 다소 음울하고도 당찬, 성장형 캐릭터를 소화했다. 특히 박성순의 경우 기존 남성 인물에게 주어졌던 장면들을 자주 선도했다. 교장이 교무부장을 맡아보는 게 어떻겠냐는 일종의 승진 제안을 했을 때 그들은 포장마차에서 소주를 마시고 있었다. 대학 입학사정관들과 인맥을 쌓기 위해 주량을 늘리고, 교사들을 호령하는 것도 모두 박성순이었다. 학교는 박성순을 절실히 필요로 했고, 박성순은 일만을 위해 몰두했다. 집안일은 돌보지 않고 매일 술만 마시고 온다는 남편의 타박에 성순이 익숙하게 답한다. "내가 지금 밖에서 놀아?"

게다가 여성 조연들도 학교 내에서 벌어지는 사건에 능동적이고 적극적으로 움직인다. 교무부장 공석을 두고 은밀하게 자기 피력을 하는 한재희 창의체험부장부터 정직원 등용을 시켜주지 않아 복수심에 타올랐던 송찬희 입학사정관과 가난에서 벗어나고 싶어 한국대 의대를 꿈꾸는 진유라까지. 자기 자리에서 욕망을 키우고 그걸 드러내는 데에 서슴지 않고 떳떳하다.

마지막으로 현실 속 학교로 가고 싶어 하는 여자들이 떠오른다. 드라마의 현실성이 날카로우면 날카로울수록 많은 이들이 고하늘을 자신과 동일시했다. 실제 〈블랙독〉 최종화가 방영되고 이틀 뒤인 2020년 2월 7일은 2020중등임용고시 최종 발표 날이었다. 무수한 고난 앞에서 포기하고 싶은 이들에게, 자신이 어쩐지 블랙독처럼 느껴지는 이들에게 하늘은 이 말을 건넨다.

> "만약 당신이 칠흑 같은 어둠 속에 있다면 할 수 있는 일이라곤 눈이 어둠에 완전히 적응할 때까지 그 자리를 지키고 앉아 있는 것뿐이다."

다음의 물음표

Q1. 주변의 오해와 선입견 때문에 블랙독이 되었던 누군가를 본 경험이 있다면? 당신은 그가 블랙독이 되는 과정에 어떤 영향을 주었다고 생각하나?

Q2. 여성 인물 간의 내밀한 관계에 '워맨스'라는 장치적 이름을 붙이는 것은 왜 필요한가? 필요하지 않다고 생각한다면 그 이유는?

보건교사 안은영

안은영 선생님, 백혜민을 왜 그렇게 도운 거예요?

2020년 9월, 넷플릭스 드라마 〈보건교사 안은영〉 정주행을 하루 만에 마치고 며칠이 지나도 이상하리만치 종영후유증에서 벗어나질 못했다. 까닭 없이 마음 한편이 무겁고 슬픈 눈빛을 장착하게 되는 게 영영 사랑할 뻔했던 사람과 이별한 증상 같았다. 안은영은 꽤나 괴팍하고 거친 구석이 있는 주인공이다. 가끔씩 세상에 냉소적이기도 하다. 이토록 위맹한 기세의 여자로부터 슬픔이 전염되는 이유는 도대체 무얼까. 목구멍에 성긴 가시를 빼기 위해 나는 다시 이야기를 둘러봐야만 했다. 그리고 어디선가 멈춰 섰다. 보건교사 안은영의 얼굴과 묘하게 닮은 어떤 여자애 앞에서였다.

50번째 삶, 백혜민

넷플릭스 드라마 〈보건교사 안은영〉은 정세랑 작가의 소설 《보건교사 안은영》을 드라마화한 것으로 욕망의 흔적인 젤리를 무찌르는 히어로인 안은영의 고군분투기를 담고 있다. 목련고등학교를 배경으로 기묘하게 벌어지는 일들을 안은영 선생은 자기만의 방식으로 마주한다. 개봉 이후 톡톡 튀는 소재부터 중독성 있는 OST, 화려한 CG 때문에 사람들은 한동안 〈보건교사 안은영〉 이야기만 했다. 그중 학생 역할을 맡은 배우 대부분이 연기 경력이 거의 없거나 대중 앞에 선 경험이 적었기에 사람들은 낯선 얼굴들을 환영했다. 그중 나는 나른하고 미련 없는 어떤 여자아이의 목소리에 홀리고 말았다. 바로 옴잡이 백혜민이다.

그는 목련고를 침투한 무수한 옴을 잡기 위해 이곳에 찾아왔다. 옴은 '재수 옴 붙는다'의 '옴'으로 0.4mm 정도의 작은 진드기를 말한다. 혜민의 말에 따르면 옴이 붙었을 때 일찍 떼어내면 아무 문제가 없지만, 오래 두면 사람의 혼이 상한다고 한다. 옴은 안은영의 무지개 칼이나 비비탄 총에도 끄떡없고 오로지 옴잡이의 위산에서만 완벽하게 죽는다. 그래서 혜민은 옴을 하나씩 입에 넣어 씹고 삼키기를 계속해서 반복한다.

그는 옴을 먹는 만큼 은영의 보건실에도 자주 찾아갔다. 옴을 빈속에 먹으면 속이 쓰려서 뭐라도 들여넣어야 하는데, 그만큼 과식과 폭식을 반복하게 되는 것이다. 학교에 옴은 넘쳐

났고, 혜민의 위장은 쉴 겨를이 없다. 그런 그를 보며 은영이 해줄 수 있는 거라곤 제산제를 한 움큼 쥐어주는 것뿐이다. 그리고 평소와 다름없는 어느 날, 생리통으로 찾아온 혜민으로부터 그의 역사를 우연히 듣게 된다.

"저는 지금까지 남자로만 살았습니다. 여자로는 처음 살아봅니다. 최근에 알았는데 저는 게임으로 치면 이 세계에 NPC 같은 게 아닐까 싶습니다. 죽으면 자동으로 다시 존재하고 이 구역을 벗어날 수 없으니까요." 게임의 플레이 가이드를 위해 반드시 필요하지만, 너무 당연한 나머지 아무도 인지하지도 신경 쓰지도 않는 NPC의 몫을 혜민이 묵묵히 수행하고 있었다. 그리고 스무 살을 넘기지 못한 채 죽음을 맞이하고, 다시 옴이 번지면 새롭게 태어난다. "저는 원래 스무 살까지만 살다가 없어집니다. 죽는 건 진짜 쉬워요. 후딱 끝나니까. 어차피 또 살 테고. 근데 이번엔 좀 궁금해요. 학교가 되게 재미있네요. 스무 살 넘게 한번 살아보고 싶어요."

그저 백혜민의 운명이었다. 옴을 모두 잡아먹기 위해 제산제의 힘을 빌리고, 생면부지의 사람들을 수호하고도 자신은 스무 살에 생을 끝내게 되는 운명. 다음 생이 와도 아무 일 없었다는 듯 체념하며 받아들이는 운명. 어느 누구도 그 노고를 알아주지 않는 운명. 그러다 불현듯 백혜민이 등장하기 전 안은영이 친한 언니 화수에게 했던 말이 떠올랐다. "운명이라는 말 기분 나빠. 언니 자꾸 그러지 마. 싫어. 나는 운명대로 살지 않을 거야."

보건교사 안은영, 구세주 안은영

따지고 보면 은영은 학생을 아끼고 사랑하는 인물은 아니다. 그는 아이들을 위해서가 아니라 제 마음에 불편한 것을 해치우기 위해 젤리와 싸운다. 세계의 평화같이 거창한 것보다는 당장 일상의 안온함이 먼저고, 단지 자신만이 할 수 있는 일이기 때문에 소명과 책임감 하나로 헤쳐 나갔다. 그런 그가 혜민에게는 안쓰러움을 느끼며 함께 고통스러워했다. 앞에선 무심한 척하지만, 화수에게 말한 속마음에는 걱정이 다분하다.

"그 어린애가 이걸 혼자서 다 먹고 있었어. 내가 (옴을) 잡아줄 수는 있는데 어차피 다 먹어야 하는 건 걔라서. 잔뜩 잡아다가 먹으라고 주는 건 못하겠어. 안 그래도 위통으로 고생하는 애한테." 안은영은 혜민의 아픔을 정확히 알고 있었다. 옴잡이의 숙명이라고 넘겨버리는 게 아니라 옴잡이에게도 그만의 어려움이 있다고 은영은 이해하고 있었다. 혜민은 어떤 면에서 은영의 자화상이기도 했다. "혜민이는 살고 싶어 해. 어떻게 아냐고? 내 맘이 그러니까. 나는 맨날 살고 싶으니까. 평범하게 살고 싶으니까, 맨날." 은영은 혜민이 스무 살 넘어서까지 살기를 바랐다. 그렇지 않으면 아무래도 그의 마음이 크게 불편해질 것 같았다. 그리고 여기서부터다. 심리적 거북함이 은영의 동력으로 작용하기 시작한 게. 백혜민이 운명의 굴레에 모든 걸 맡긴 채 묵묵히 살아가는 동안, 이 절대 불명의 운명론을 두고 안은영은 화수와 완전히 정반대의 시선을 견지하고 있었다.

[대화 A] 4화 : 옴 때문에 위통을 앓는 혜민을 걱정하는 은영에게

화수 그래도 옴을 빨리 잡아야 학교 사람들이 안전할 것 같은데.

은영 그럼 우리 안전은?

화수 태어난 대로 살아야지. 누굴 탓하니?

[대화 B] 5화 : 은영이가 모두 잡은 옴을 혜민에게 건네며

은영 네가 다 먹어. 그리고 새롭게 태어나자.

혜민 그럼 선생님은요?

은영 난 다 잡아줬잖아.

혜민 어차피 먹는 건 저잖아요. 왜 제가 그렇게까지 해야 하는데요?

은영 네가 그렇게 태어난 걸 누굴 탓해.

화수와 은영은 똑같은 대사에 정반대의 의미를 전달한다. [대화 A]에서 화수의 말엔 '그렇게 태어난 걸 어쩌겠어, 받아들여야지'라는 뉘앙스를 풍긴다면, [대화 B]에서 은영은 '그러니까 이렇게라도 해야지'라는 의미를 내비친다. 체념과 극복, 수용과 저항, 의존과 자립, 굴복과 자유. 두 간극을 암시하는 단어를 나열하고 나니 은영의 결단은 더욱 명확해 보인다. '원래 스무 살까지만 살다 간다'는 혜민에게 "원래 그런 게 어디 있어?"라고 날카로운 목소리로 질문을 던졌던 은영의 행동에 납득이 간다.

"늙는 거 좋아요?" 백혜민이 물었다. "좋겠냐?" 안은영이 퉁명스럽게 답했다. "근데 저한테 왜 그러세요?" 다시 백혜민이 물었다. 그러게, 나도 궁금하다. 안은영 선생은 유독 백혜민에게 왜 그런 걸까? 그리고 은영이 말한다. "그래도 벌레 먹으면서 영원히 사는 거보다 남들처럼 살아보고 죽는 게 낫잖아." 평범성에 대한 동경과 사랑. 그건 은영의 마음이었다.

그리고 그때 알았다. 학교는 그럼 어떡해요? 선생님은 어떡해요? 제가 인간이 되면 래디랑 아라, 승권이, 지형이, 오경화는 누가 지켜요? 다들 재수 옴 붙으면 어떡해요? 오로지 저만 쏙 빼놓고 주어에 남들 이름만 가득 채운 질문이 연 이어졌을 때, 모든 걸 종식시킨 은영의 한 마디가 어째서 "혜민아, 너도 새로 태어나고 싶잖아."였는지. 정확히는 왜 '그래야만 하잖아'가 아니라 '그러고 싶잖아' 형태의 문장이었는지. 운명이 정해준 게 아닌, 한 번이라도 '내가 원하는 대로' 삶을 구성해 보고 싶었던 절실한 메시지가 짧은 문장에 빼곡하게 담겼다.

그리고 이 메시지의 수신자는 은영과 혜민, 둘뿐이었다.

명랑 선생 성장기

그토록 평범한 삶을 바랐던 은영은 한동안 남들처럼 젤리가 안 보이는 듯하더니 결국 원점으로 돌아가게 되었다. 예전처럼 불 켜진 무지개 칼 앞에서 하염없이 눈물을 쏟을 때 방어할 새도 없이 좌절감에 전염되기도 했다. 결국 혜민은 은영의 도움으로 인간이 되었다. 원작 소설에서 혜민이 다시 태어난 건 마흔여덟 번째인가, 아홉 번째인가 그렇다고 했으니 대략 쉰 번째의 삶에서 새롭게 시작하게 된 것이다. 누군가의 운명을 바꾸기 위해 숱하게 고민했던 사람치고, 정작 은영은 그 굴레를 빠져나오지 못했다.

거친 욕도 잘하고, 원어민 교사 메켄지와의 기 싸움에도 절대 지는 법 없는, 마냥 푼수 같은 안은영에게서 우리는 슬픔을 빌려왔다. 어쩔 수 없음을 인정하며 울부짖는 사람 앞에서 무장해제가 되는 이유기도 하다. 그는 이 서사 안에서 분명 용사고 영웅인데, 왜 이토록 마음이 무거운 걸까. 혜민에게 새 삶을 선물하고, 일찍 세상을 떠난 강선을 기억하고, 어릴 적 그대로 남은 정현이를 정기적으로 찾아가는 은영 앞에서 어찌 가벼운 마음이 생동할 수 있을까. 그가 너무 다정해서 자꾸만 슬프다.

다음의 물음표

Q1. 콘텐츠에 등장했던, 무심함과 다정함이 동의어처럼 보였던 여성 인물로 누가 떠오르는가? 어떤 점이 그렇다고 생각하나?

Q2. 당신 주변에 '안은영'이 있다면 누구인가? 어떤 일화가 떠오르나?

소울

다만 가끔은 살고 싶어

열다섯 살 여름, 미야자키 하야오 감독의 〈모노노케 히메〉가 국내 영화관에 정식으로 개봉한다는 소식을 들었다. 바로 전년도에 〈센과 치히로의 행방불명〉을 보고 적잖은 충격으로 여름 내내 앓은 탓에 이 영화를 꼭 보고 싶었다. 정확히 어떤 내용인지도 잘 모르면서 알 수 없는 열망이 끓어올랐다. 당시 내가 사는 지역의 가장 큰 영화관에서 짧은 기간 동안 상영했기에 주말에 아빠와 함께 가기로 했다. 그런데 웬걸. 집에 갑작스런 일이 생겼다고 취소해야 한다는 통보를 받은 것이다. 일주일 내내 이날만을 기다렸는데. 꺼이꺼이 울었다. 엄마가 초상 났냐고 물어도 대답 없이 그저 울기만 했다. 우리 집에서 나를 유일하게 가련히 여기는 아빠가 구세주처럼 등장했다. CGV 구로에서 평일 새벽에 마지막 상영을 하니 그걸 다시 예매하자고 했다. 그다음 주에 우리는 늦은 밤거리를 헤치며 서울로 향했다. 영화는 어땠냐고? 〈모노노케 히메〉를 단번에 이해하기엔 나는 너무 어렸다. 한마디로 심드렁했다. 영화 감상을 묻는 엄마의 질문에 머뭇대며 별로였다고 답했다. 그러자 엄마가 말했다. "그럴 줄 알았다. 너는 꼭 그렇게 쓸데없는 거에 목숨 걸더라?" 틀린 말은 아니었다. 영화 한 편 보는데 너무 많은 비용이 들었다. 다음 날 아빠의 노동에도 영향이 미칠 테고, 나는 수업 시간에 잘 게 뻔했다. 게다가 비용 대비 만족도도 높지 않았으니 이 경험은 실패에 수렴하는 듯했다. 엄마 말대로 나는 쓸데없는 것에 목숨을 건 걸까?

불꽃이 무엇이란 말이오

학교 밴드의 선생님인 조 가드너는 재즈를 자신의 인생으로 여기는 주인공이다. 이름하여 재생재사! 재즈에 살고 재즈에 죽는 것이 자신의 타고난 운명이라 믿고 있다. 어느 정도냐면 재즈 공연을 난생처음 본 날, 즉흥 연주로 감정을 자유롭게 표현하는 연주자를 보고 "그제야 내가 재즈를 위해 태어났다는 걸 알았어!"라고 할 정도다. 조 가드너를 표현하는 키워드를 딱 하나만 꼽자면 '본투비'다. 사랑 같기도 집착 같기도 한 열망 사이에서 조는 꿈에 그리던 무대를 앞두고 그만

사고를 당한다. 얼떨결에 '태어나기 전 세상'으로 가게 된 이유다.

'태어나기 전 세상(이하 YOU 세미나)'은 지구로 향하기 전 영혼들이 모여 있는 곳으로, 이 세계관으로 빗대어 말하자면 우리가 태어나기 전에 영혼으로서 잠시 머물렀던 곳이다. 이곳에서 나만의 고유한 성격을 부여받고 통행증이 주어져야 지구로 향할 수 있다. 단, 통행증은 멘토와 함께 나만의 '불꽃'을 찾아야만 받을 수 있다. 어서 지구로 돌아가 재즈 무대에 서고 싶은 조는 자신이 멘토인 척 누군가를 도와주기로 결심한다. 그리고 그 영혼에게 통행증이 발급된 순간, 그것을 빼앗아 자기가 지구로 가버릴 심산이다. 멘토의 과업은 간단히 말해 온 전당을 오가며 새로운 영혼이 자기만의 불꽃을 찾도록 돕는 것이다. 축구든, 요리든, 우주과학이든, 고유한 관심사를 발견하도록 북돋아주는 게 그들의 역할이다.

축구, 요리, 우주과학이라. 나는 불꽃이 일종의 재능 같은 거라고 생각했다. 관심 있는 것, 타고난 것, 그래서 직업적 소명으로 연결되는 것. 멘토가 보여주는 것이 온통 직업적 재료에 가까운 것투성이어서 그럴 가능성이 높아 보였다. 영화가 끝날 즈음엔 '목적을 좇기보다는 네가 오늘 살아간다는 그 자체가 중요한 거야'라는 메시지에 눈물도 찔끔 흘렸다. 그리고 집으로 돌아가는 길. 뭔가 아리송했다. 불꽃이란 게 정말 업적이나 목표 같은 걸까? 영혼들이 지구에 가기 위해 그토록 찾는 게 진짜 타고난 재능인가? 찜찜함을 이기지 못하고 같은 날 두 번째 관람을 하니 그제야 눈에 보였다. 영혼들을 관리하는 제리가 멘토들을 작은 강당에 모아놓고 질문을 건네는 장면이었다. "불꽃이란 게 뭘까요?" 그리고 이어지는 장면은 조가 영혼의 티켓을 빼앗는 상상의 모습이었다. 그러니까 불꽃이란 게 정확히 무엇인지 조와 우리는 듣지 못했다. 다만 불꽃이 무엇이 아닌지는 제리를 통해 알 수 있었다. "불꽃은 영혼의 목적이 아니에요. 멘토들은 왜 그러는지. 목적, 삶의 의미… 단순하긴." 그렇다면 도대체 불꽃이란 무엇인가.

불꽃을 찾는 몇 가지 단서들

조 가드너의 거짓된 멘토 활동은 그렇게 시작된다. 억겁의 시간이 흐르는 동안 지구통행증을 얻지 못한 냉소적인 22번. 그가 조의 멘티다. 22번은 어느 것에도 좀처럼 흥미가 생기지 않아 지구에 가기 싫다는 말만 반복한다. 그러던 중 사고로 조의 몸에 22번이 들어가게 되었고 그토록 원치 않았던 지구 생활을 억지로 하게 된다. 시끄러운 뉴욕에서 먹는 것부터 걷는 것 그리고 재즈 연주를 하러 가는 것까지 조를 대신해야 했다. 모든 게 어렵고 번거로운 와중에 불꽃의 의미를 찾아줄 첫 번째 단서를 만난다. 바로 코니다. 코니는 조가 가르치는 학생으로 트롬본을 매우 사랑하지만 연주하느라 무아지경에 빠질 때마다 친구들의 비웃음을 사는 게 싫다. 코니가 갑작스럽게 22번의 영혼이 깃든 조를 찾아온 이유는 밴드를 그만두겠다고 선포하기 위해서였다. 시간 낭비라고 일관하다가 홀로 트롬본 연주를 선보이더니 사실은 트롬본을 너무나 사랑한다고 고백하며 사라진다.

코니는 조를 닮아 있었다. 음악을 사랑하고, 타고 났고, 쉽게 무아지경에 빠진다는 점에서 그랬다. 그리고 지금까지의 시간들이 무의미해질까 두려워하는 것까지 닮았다. 하지만 코니는 22번이기도 했다. 사랑하는 것을 어떻게 다룰지 몰라 일단 부정하고 그만둘 거라고 심술 내기도 한다. 그렇게 22번은 코니를 보며 최초의 질문을 남긴다. "왜 그만두러 와서 안 그만둬?" 아무래도 22번은 이곳에서의 삶이 궁금해졌다.

조와 22번은 재즈 연주회에 가기 위해 미용실에 들른다. 여기서 두 번째 단서를 만난다. 바로 이발사 데즈다. 조 가드너는 사람을 마주칠 때마다 그 사람의 불꽃으로 설명하곤 했다. 코지의 불꽃은 트롬본이고 데즈의 불꽃은 이발이라고 말한다. 실로 그래 보였다. 데즈는 시종일관 사람을 편안하게 했고, 정확하게 각을 맞춘 헤어컷을 완성했다. 손님도 길게 줄 서있는 것으로 보아 동네에서 꽤 유명해 보인다. 하지만 조의 생각과 데즈는 너무나 달랐다. 22번과 데즈의 대화를 들어보니 과거 데즈의 꿈은 따로 있던 모양이다. 사실 수의사가 되고 싶었지만 당시 딸이 너무 아파 학비가 더 저렴한 미용학교에 갔다고 했다. 안타까워하는 반응에 데즈가 말한다. "속단하지 마! 나는 지금 행복하다고."

정리해 보자. 코니가 자신이 불꽃을 인정하는 데 서툰 사람이었다면, 데즈는 자신의 불꽃이 바뀐 경우다. 불꽃은 YOU 세미나에서부터 타고난 것인데 바뀔 수 있는 것일까? 하지만 데즈는 누구보다 자신의 일을 사랑하고 만족하고 있었다. "내가 수혈할 줄은 몰라도 이걸(이발)로 여럿 구했지!"라는 말만 보아도 충분히 그렇다. 아무래도 그 불꽃이라는 거 직업이나 관심사가 아닐 수도 있을 것 같다.

조는 대체 지구통행증을 왜 22번에게 준 걸까?

지구의 삶이 몹시 마음에 든 22번이 물었다. "나에게 불꽃은 하늘 보기가 아닐까?" 22번은 가을 하늘, 떨어지는 낙엽, 사람들 웃음소리 같은 것들이 퍽 좋았다. 조가 답했다. "그건 목적이 아냐. 그냥 사는 거지." 조는 무언가 되어야만 가치를 증명한다고 믿고 있었다. 그의 생각에 따르면 22번은 아무것도 발견하지 못한 게 맞다. 존재의 목적도 직업적 소명도 찾지 못했으니까. 위대한 업적을 남긴 위인들이 그간 22번에게 했던 말은 이런 거였다. "루저", "너는 꼭 안 좋은 결정만 하더라", "세상은 훌륭한 사람이 필요해. 하지만 넌 내가 만나본 영혼 중 가장 쓸모없어", "넌 절대 불꽃을 못 찾을걸?"

결국 22번의 통행증을 받아 지구에 돌아간 조는 그토록 열망했던 재즈 공연을 마친다. 즉흥 연주를 열렬히 해냈고 사람들의 박수갈채도 멈출 줄 몰랐다. 한평생 바라온 일을 이뤄냈고, 결국 모든 것을 얻은 셈이다. 하지만 왜 이렇게 마음 안으로 바람이 새어 들어오는 걸까. 오늘의 퇴근길이 어제와 다르지 않고, 지하철에서 핸드폰만 보는 사람들과 자신이 쏙 닮아 보인다. 어두운 창밖으로 비치는 얼굴도 영 무표정이다. 조는 집으로 돌아가 피아노 앞에서 주머니 안에 담긴 것을 늘어뜨려 놓았다. 22번이 자신의 몸에 들어가 있을 때 여기저기서 주워 모은 것들이다. 그것들을 조용히 바라보다가 조는 22번에게 찾아간다. 지구통행증을 돌려주기 위해.

조는 목적을 달성하고 자신의 본투비를 확인했다. 그런데도 이 영광을 등지고 생을 포기하면서까지 왜 22번에게 찾아간 걸까? 이 질문 앞에서 마침내 불꽃의 이름을 알 수 있었다. 22번은 그저 하늘을 보거나 하염없이 걷는 게 좋았을 뿐인데도 통행증이 생겼다. 결국 불꽃은 '살고 싶은 마음'이었다. 뭐가 되고 싶은 열정이나 관심사가 아닌, 그냥 살고 싶은 마음. 아무래도 22번은 생을 누리고 싶어진 모양이다. 그리고 조가 주머니 속에 있는 물건들을 조용히 바라볼 때 그 마음을 조 역시 알아차렸을 테다. 22번은 살고 싶구나. 지금 이곳에서 살고 싶구나, 하고서.

사람들은 이따금씩 살고 싶어

나는 이 불꽃의 진의를 고민하는 동안 하릴없이 죽어버렸던 여자들이 떠올랐다. 2021년 3월, 한국여성정책연구원이 실시한 '코로나19 1년 여성노동자 일자리 변동 현황 조사' 결과, 20.9%에 달하는 여성이 코로나19 이후 직장을 그만둔 경험이 있다고 답했다. 5명 중 1명은 가혹한 현실을 받아들여야만 했다. 20대 여성노동자는 다른 연령보다 타격이 더 컸다. 20대 응답자 중 29.3%가 타의로 일을 그만두게 된 것이다. 무려 3명에 1명꼴이다. 갑작스러운 여성 실업은 동세대 여성들에게 지대한 영향을 미쳤다. 한겨레 젠더 미디어 '슬랩'이 제작한 '조용한 학살이 다시 시작됐다'에 따르면, 같은 해 상반기 자살시도자의 32.1%가 20대 여성으로 전 세대 중 가장 높은 수치를 기록했다고 한다. 전년 대비 동세대 자살사망자보다 43% 증가한 결과다. 경제적·사회적 고비를 맞닥뜨릴 때마다 제일 먼저 제명되는 대상. 제도권 안의 안전장치로부터 방치되는 대상. 죽음만이 유일한 생존법으로 떠올라도 언론에서 조명하지 않는 대상. 20대 여성을 세대적으로 해석해 보자면 그러했다. 아무도 20대 여성의 죽음을 책임지려 하지 않는다. 가임 여성 지도는 만들지만 실직은 문제화하지 않고, 출산 전 남편 반찬을 잊지 말라는 매뉴얼을 만들면서도 세대적 자살 트렌드는 개인 문제로 치부하는 분위기 속에서 여성들은 어디에서 지푸라기를 잡을 수 있었을까. 그들은 사실 죽고 싶었던 게 아니라, 살 줄 몰랐던 게 아닐까.

'베르테르 효과'는 유명인이나 선망하던 인물의 자살을 보고 자신을 동일시한 나머지 모방 자살을 시도하는 현상을 가리킨다. 이것도 이젠 시대성을 반영해 의미를 확장해야 할 날이 왔다. 꼭 유명인이 아니더라도 일면식도 없는, 하지만 나와 비슷한 상황의 누군가가 스스로 목숨을 끊었다는 소식이 강한 충동을 전파하고 있다. 판단의 위임도 그때 시작된다. 저 사람의 결단이 마치 내 것처럼 느껴지는 혼돈에 잠식되는 것이다. YOU 세미나의 불꽃은 실제 현실 세계에서도 절실해 보인다. 90년대생 여성들에게 진짜 필요한 것은 마음의 위로보다 경제적 보호와 제도적 장치지만, 이들이 한 번쯤 영화 속 통행증을 얻을 수 있었다면 어땠을까 자꾸만 상상하게 된다. 적어도 이 영화에 의하면 우리는 지구에 있다는 것 자체로 이미 살고 싶음을 느끼고 온 것이다. 그런 이유로 우리의 불꽃은 몹시 기특하다. 그러니까 모든 여성이 존재의 이유나 쓸모를 조금도 의심할 필요 없이 그냥 오늘을 살면 좋겠다.

제리가 물었다. "이제 앞으로 인생을 어떻게 살 건가요?" 조는 모르겠다고 답한다. 그의 대답이 '재즈'가 아니었던 최초의 순간이었다. 이로써 우리에게도 새로운 숙제가 생겼다. 조가 그런 것처럼 자유롭게, 아주 자유롭게 모르겠다고 말하는 경험을 갖는 것. 목적의식 같은 거 생각해 본 적 없다는 듯 여유 가득한 목소리로. 누가 알까. 그러면 가끔은 살고 싶어질지.

다음의 물음표

Q1. 앞으로 인생을 어떻게 살아볼 것인가?

스타트업

사라진 인재를 찾습니다

주인공에게 서사적 정당성을 부여하는 많은 방법 중 하나는 그와 반대 입장의 인물을 배치하는 것이다. 주인공 개인의 목표와 대치하거나 추구하는 신념을 가로막거나 혹은 숙명의 라이벌이 등장하는 식이다. 악역은 온갖 방식으로 다양한 시련을 제공하면서 중심인물이 목표를 더 간절히 원하도록, 그래서 결국 그것을 이뤄내도록 조력한다. 때때로 악역이 주인공보다 더 매력적으로 보이는 이유도 이 때문이다. 주변 환경에 맞춰 대응하는 게 주인공의 일이라면, 악역은 사력을 다해 주변 환경을 스스로 조성한다. 자세히 보면 극 중 가장 영리하고 가장 부지런한 게 바로 악역이다.

tvN 드라마 〈스타트업〉은 서달미와 원인재 자매의 대립 구도로 시작한다. 어릴 적 부모님의 이혼으로 언니 인재는 엄마를, 동생 달미는 아빠를 따라간다. 얼마 후 엄마와 언니는 재혼 가정을 꾸려 미국으로 멀리 떠나버렸고, 달미는 마음속에서 이들을 배신자로 분류하였다. 부자인 새아빠를 칭찬하던 언니의 말이 아주 오랫동안 달미를 괴롭혔다. "너도 엄마 따라갔어야 했어. 너 선택 한참 잘못했어. 시간이 말해줄 거야. 누구 선택이 맞았는지."

아니 그런 악역 말고!

그 뒤로 인재와 달미는 완전히 다른 길을 걷게 된다. 대기업 집안을 배경 삼아 승승장구하던 인재는 서울에서 강연을 하게 되었고, 할머니 핫도그 장사를 돕던 달미는 그런 언니를 만나기 위해 득달같이 찾아간다. 질의응답 시간을 놓치지 않고 달미가 물었다. "훌륭한 선택 참 많이 하셨더라고요. 이기적인 선택을 한 적은 없나요, 서인재 씨?" 강연장 청중들이 웅성거리기 시작했지만 인재는 의연하게 답한다. "있죠. 나도 사람인데. 속물 같은 선택이지만 절박한 선택이었죠. 그런데 서달미 씨. 제 이름은 원인재입니다." 〈스타트업〉은 '선택'이라는 중심 소재를 두고 두 자매의 완전히 다른 운명을 보여준다. 누가 더 현명한 선택을 했는지 겨루게 함으로써 각자의 스타트업에 사력을 다하도록 개연성을 부여했다. 자매의 불꽃 튀는 대결은 인재의 비꼬는 말에서 본격적으로 시작한다. "고마워. 난 늘 의심했거든, 그때 내 선택을. 근데 이제 그럴 필요 없겠다. 까진 구두에 매직 칠해서 신고, 없는 남자친구까지 동원해 가면서 창업 운운하는 널 보니까 지금 네 처지가 어떤지 빤히 보이네. 덕분에 내 선택 의심할 일은 없겠다, 이제."

드라마 클리셰에 의하면 인재는 분명 악역일 터였다. 주인공 달미 시점에서 인재는 아무런 죄책감 없이 선한 아빠를 배반해 버렸고, 달미의 근황을 묻는 척 처지를 무시하며 속을 긁었다. 시청자는 주인공과 운명공동체를 타고났으니 미움을 함께 느낄 수밖에 없었다. 나도 자연스럽게 한 서린 복수전에서 달미와 인재의 날 선 경쟁이 펼쳐지리라 예상했다. 악역의 역사를 참고하면 인재는 자료를 몰래 빼돌리거나, 남자주인공을 같이 좋아하거나, 모종의 음모를 꾸밀 가능성이 높았다. 누군가 그의 계략에 의해 죽더라도 놀랍지 않을 듯했다. 그간 드라마가 해석해 온 경쟁은 대부분 이런 흐름이었으니까. 그런데 웬걸. 인재는 미디어에서 통용되던 악역과는 완전히 달랐다. 오히려 악역보다는 '원인재'라는 독자적인 카테고리가 따로 있는 느낌이었다. 라이벌이라고만 하기엔 너무 부족하고, 또 악역이라고만 하기엔 다 설명되지 않는 이 답답함을 어떻게 표현해야 할까. 더 명확한 언어를 찾아내야 했다. 그래서 나는 주인공 말고, 주인공 반대편에서 제 앞길을 묵묵히 개척하는 경쟁자 인재에 대해 이야기해 보려 한다.

자고로 인재란 말입니다

원인재의 배경은 이렇다. 그는 모닝그룹 회장인 의붓아버지를 따라 계열사 '네이처모닝'의 대표직을 맡게 됐다. 명석한 판단력으로 단기간에 시장을 장악했고 기업 수익 구조도 탄탄하게 만들었지만 그저 '아빠 백'으로 이룬 공이라는 누명이 그를 오랫동안 쫓아다녔다. 젊은 나이에 거둔 성공을 질투하고 폄훼하느라 바쁜 이도 더러 있었다. 바로 새아버지와 이복 오빠가 그랬다. 어느 날, 인재를 찾아온 새아버지가 말한다. "오랜만에 한국 왔는데 푹 쉬지도 못하고 고단하지? 내가 너무 이기적이었다. 아비로서 네 건강도 살폈어야 했는데. 이제 한국은 네 오빠한테 맡기고 미국 지사에 전념하는 게 어떻겠니? 내가 특별히 주는 휴가라고 생각하고 이참에 해봐." 도저히 납득할 수 없는 통보였지만 인재가 대답할 수 있는 거라곤 "감사합니다"뿐이었다. 꼭 쥔 두 주먹이 안쓰럽게 떨렸다. 하지만 이대로 포기할 수 없는 노릇이었다. 인재는 자기만 쏙 빼고 열린 임시주주총회를 박차고 들어가 마음속에 묵은 것을 시원하게 내질러 버린다. "아버지 덕분에 비싼 수업했네요. 쉽게 시작하면 쉽게 뺏긴다는 거. 지분 없는 CEO는 씹던 껌만 못하다는 거. 좋은 가르침 주셔서 감사합니다. 아, 그리고 저 미국 안 갑니다. 미국 지사도 저 덜떨어진 팔푼이한테 맡겨보시든가."

달미와 인재가 경쟁을 하게 된 곳은 '샌드박스'다. 한국의 실리콘밸리로 불리는 이곳은 창업의 뜻을 가진 청년들이 모여 해커톤(정해진 주제를 가지고 기간 안에 프로젝트를 겨루는 대회 형식) 대결을 펼치는 곳이다. 최종 후보로 발탁되면 입주할 특권과 함께 무료 사무실 대여, 인건비 제공, 창업 선배들로부터의 멘토링과 투자사 연결까지 어마어마한 혜택을 누릴 수 있다. 이곳에서 뜨거운 각축을 벌이기 위해 팀을 꾸려낸 두 자매는 이 경연에 각기 다른 동기를 갖고 있다. 달미가 '새아버지 백 좋아하더니. 이제 진짜 나랑 붙어보자!'에 가까웠다면, 인재는 '죽었어. 자수성가가 뭔지 보여준다! 앞으로 나의 적은 나뿐이야!'에 근접했다. 인재는 많은 이에게 증명해 보이고 싶었다. 집안 덕으로 성공했다는 대중에게, 자신을 밀어내느라 애쓰는 아버지와 오빠에게, 생글거리며 아버지 비위 좀 맞추라는 엄마에게, 그리고 곧 죽어도 지지 않겠다는 동생에게. 내가 어디까지 갈 수 있고 무엇을 할 수 있는지 제대로 보여주고 싶었다. 자신을 억압하는 게 무엇이든 오로지 자기 힘으로 무너뜨리고 싶다는 욕망만이 버젓이 남아 있었다.

그리고 해커톤의 시작. 두 그룹은 필적감정이라는 동일한 소재를 차용했지만 사뭇 다른 사업을 선보였다. 달미가 소속된 '삼산텍'에서는 필적 위조를 걸러내는 프로그램을, 인재의 '인재컴퍼니'에서는 실제 사람의 글씨를 폰트로 만드는 기술을 내놓은 것이다. 여기서 질문! 만약 인재컴퍼니가 제작한 폰트를 삼산텍의 필적 감별 프로그램이 읽으면 어떻게 될까? 과연 위조를 알아차릴 수 있을까? 결과는 처참했다. 삼산텍 프로그램이 폰트를 보고 실제 인간의 것이라고 판명하면서 지금껏 쌓아온 노력이 물거품이 된 것이다. 이 뒤집기 한 판을 본 정한은행에서는 인재컴퍼니의 가능성을 믿고 관련 프로젝트를 맡기게 된다. 소식을 들은 달미가 비틀린 목소리로 말한다. "성과가 진정성이 있어야 축하도 진정성 있게 해주지. 대신 운이랑 백은 있어보여. 남들한텐 어려운 게 언니한텐 왜 그렇게 쉬울까? 거기 대표랑 언니네 아버지랑 동창이라며." 인재가 살면서 배경 덕을 본 것도 사실이니 아주 틀린 말은 아니었다. 하지만 인재는 달미의 비아냥에 날카로운 지적으로 되받아친다. "정한은행은 해커톤 때 인사했어. 다 끝나고 네가 자는 동안 나는 심사위원으로 왔던 정한은행 담당자를 만났거든. 명함 받아서 연락했고 프로젝트 제안서 넣었어. 그 과정에 우리 아버지는 없었고. 너도 기회는 있었어. 그냥 네가 무능한 거야. 성과를 보면 배울 생각을 해. 운이니 백이니 핑계 작작 대고. 진부해."

달미 말대로 다른 이들에게 어려운 게 왜 인재에게만 쉬운 걸까. 답은 간단하다. 인재는 위기를 기회로 삼을 줄 알았다. 가부장적 환경에서 대표 자리를 강제적으로 박탈당했을 때도 샌드박스 입주라는 새로운 목표를 찾았고, 지분 없는 CEO가 얼마나 힘이 없는지 깨달은 경험으로 인재컴퍼니에서 80%라는 막대한 지분을 확보한다. 심지어 모든 직원의 만장일치 합의까지 이끌어 내면서. 인재의 성공은 간단한 행운이 아니라 기회가 올 때 놓치지 않기 위해 절실히 준비한 결과였다. 넘어질 땐 돌멩이라도 주우며 일어나려 했고, 경험이 주는 신호를 게을리 흘려보내지 않았다. 그렇다고 인재가 무조건 견디고 버티기만 했냐면 결코 그렇지 않다. 그에겐 자율적인 선택과 자유로운 마음 또한 무척 중요했다. 인재가 원룸에서 지내는 걸 알게 된 엄마가 대표가 무슨 원룸에 사냐고 질책하자 그는 이렇게 말한다. "많이들 그렇게 살아. 빌트인에 보안도 확실하고. 무엇보다 마음이 편해요. 아닌 것 같아?" 엄마는 홀린 듯 답했다. "아니, 그래 보여."

자매가 사라졌다

얼음장 같던 자매의 관계는 어떻게 됐을까? 이들은 영영 으르렁대기만 했을까? 여느 자매가 그렇듯 이들도 '내가 욕하는 건 괜찮아도 남이 욕하는 건 용서할 수 없다'는 태도로 조금씩 가까워졌다. 인재의 아버지 원두정 회장에게 서달미가 무릎을 꿇어야만 했던 상황에서 곁을 지켜준 건 원인재였고, AI 대체로 해고 위기에 놓인 노동자가 원인재에게 계란을 던질 때 그를 껴안아 수호한 것도 서달미였다. 어느새 서로의 위기를 함께 걱정했고, 명절 일정을 물을 정도로 경계를 허물었다. 하지만 이 모든 에피소드는 서달미와 남도산, 한지평 사이의 삼각관계를 발전시키느라 휘뚜루마뚜루 다루어졌다. 그에 따라 원인재 분량도 서서히 줄어들었다.

〈스타트업〉의 시작이 서로 다른 선택으로 인한 자매의 분열이었던 만큼 드라마는 이 관계를 계속해서 추적해야만 했다. 스타트업을 키워가는 성장만큼 관계를 회복하는 성장도 중요했다. 심지어 서달미가 샌드박스를 가기로 마음먹었던 최초의 촉매제는 언니였는데, 이 관계에 대한 설명은 대부분 생략되고 만다. 그저 극 중에서 함께 〈겨울왕국〉 콘셉트의 광고를 찍는 것으로 그칠 뿐이고, 시청자는 엘사와 안나의 결말이 이들의 결말이라 추측하고 만다.

인재 달미 자매 사이에는 다뤄야 할 것들이 더 남아 있었다. 서달미와 아빠 단둘의 이야기를 원인재가 자기 것마냥 빼앗았을 때, 이 오해를 푼 건 원인재 본인이 아니라 샌드박스 CEO 윤선학이었다. 윤선학이 "언니가 (사실대로) 말해주던데요?"라며 온 과정을 일축해 버렸고, 그 외의 해명은 어디서도 찾아볼 수 없었다. 한지평이 남도산을 경계하느라 마치 자기가 달미와 사귀는 것처럼 말해버렸을 땐, 한지평은 바로 달미에게 전화를 걸어 솔직히 털어놓고 사과했다. 이 괴상한 상황에도 한지평은 자기변호의 기회가 주어졌지만 원인재는 그럴 자격도 얻지 못했다. 원인재와 할머니의 관계도 비슷하다. 생판 남인 남도산조차 할머니의 눈이 멀어간다는 걸 알고 있는데, 정작 원인재는 거의 마지막 회에 다다라서야 다소 늦은 재회를 하게 된다.

자매란 무릇 아주 얇은 끈 하나로 엉켜진 사이다. 중요한 건 끈으로 '이어진' 사이가 아니라, '엉켜진' 사이라는 것이다. 아주 사소한 것으로도 쉽게 끊어질 것처럼 보이지만, 아무도 풀 수 없는 타래가 자매를 바짝 가까이 연결시킨다. 라이벌도 악역도 아닌 그 중간 지점을 차지하면서. 결과만 보면 인재달미 자매의 회복은 반길 만하다. 하지만 그 과정이 더 촘촘했다면 어땠을까? 오래전 고장난 언니의 오르골을 홀로 고쳐두고, 언니 혼자 있을 명절을 걱정하고, 동생이 깡통 같다가도 가끔은 마음 놓이고. 너무 많이 생략해 버린 자매의 풍경들을 상상하다 보면 자매에게 집중된 서사를 놓친 것만 같아 아쉬워진다.

다음의 물음표

Q1. 현실적인 자매의 모습을 솔직하게 그렸던 콘텐츠가 있다면 무엇이 떠오르나? 어떤 모습이 현실적이고 진솔하다고 생각했나?

Q2. 자매간의 사랑을 메인 화두로 다루는 것이 기존 로맨스 드라마에 어떤 영향을 준다고 생각하나?

여고추리반

딱 이만큼만 용기 낼 수 있겠지만

추리는 암묵적으로 남성중심의 소재였다. 〈셜록 홈즈〉, 〈명탐정 코난〉, 〈소년탐정 김전일〉, 〈탐정학원 Q〉 등 멋진 탐정이 케케묵은 문제를 해결하는 애니메이션과 소설은 대부분 남성이 주인공을 도맡았다. 여성이 등장하긴 하지만 조력자 역할에 그치고 말았다. 대표적인 예로 〈명탐정 코난〉의 조디가 있다. 그는 FBI의 유일한 여성 수사관으로 대담하고 용감한 모습을 자주 보여준다. 그런데 코난이 뛰어난 관찰력으로 무언가를 발견할 때마다 그에게 주어진 역할이라곤 "그게 뭐 어떻다는 거야?", "원래 다들 그렇게 하지 않아?" 같은 보조언어를 던져주는 것이다. 코난의 예리한 추리력을 화려하게 조명하기 위해 조디는 FBI치고 다소 둔하고 투박한 질문을 건네야 했다. 같은 FBI 출신이더라도 남자인 이상윤은 주인공 코난과 거의 대등한 추리력과 행동력을 갖추고 있다. 마치 코난과 이상윤은 동일 선상에 있고 조디는 그보다 더 낮은 곳에 있는 것처럼 보인다.

예능도 크게 다르지 않다. 〈대탈출〉, 〈더 지니어스〉, 〈소사이어티 게임〉 등 지략이 중요한 예능은 시즌별로 최종 주인공 자리에 남성을 내세웠다. 오로지 남성 출연진만 배치하거나, 집단 내 남성 간의 연맹을 주도하면서 결국 주인공이 남성일 수밖에 없도록 유도했다. 체력 게임이 자주 등장하는 예능에서는 두 남성의 일대일 대결 구도를 형성하면서 이 싸움이 처음부터 남성의 것인 양 굴었다면, 머리싸움이 주요 소재인 예능에서는 남성들의 교묘한 정치 싸움을 필연적 과정으로 조성했다. 결국 이 카르텔을 먼저 뛰어넘어야 하는 분위기로 여성을 소외시켰다. 난 이런 부류의 프로그램을 선호하지 않는다. 예능마저 남성이 1등을 하지 않아도 이미 온 세상이 그런 상태다.

그리고 〈여고추리반〉에 다섯 명의 여고생이 모였다. 사실 진짜 여고생은 아무도 없지만 어쨌건 여고생이란다. 나이도 배경도 다른 다섯 명의 출연자가 모여 정체불명의 사건을 하나씩 해결한다. 힘들 땐 편을 가르는 게 아니라 마이쮸와 피자 호빵을 털어 먹고, 불안하면 꼼수를 부리기보다 서로를 꽉

안아준다. 전례 없던 여성 탐정이 다섯 명이나 생겨난 것이다. 꽤나 괴상하고 다정한 스릴러의 탄생이다.

여고추리반만이 가진 것들

평화로운 새라여자고등학교에 다섯 명의 전학생이 찾아왔다. 박지윤, 장도연, 재재, 최예나, 비비. 나이도 배경도 다른 다섯 명의 출연자는 수평어를 쓰면서 고등학교 친구라는 설정에 이입한다. 〈여고추리반〉의 줄거리는 이렇다. 추리반에 가입한 다섯 명의 전학생은 학교에서 이상한 사건을 마주하게 된다. 두 학우 고인혜와 나애리의 부정행위 사건, 급식실 울음소리, 고인혜의 자살, 지하 벙커 발견 등 여러 사건을 하나씩 해결해 나가면서 그 가운데에 커다란 음모 세력이 있다는 걸 알게 된다. 위험에 빠진 학생들을 구하기 위해 다섯은 머리를 열심히 맞댄다.

〈여고추리반〉은 전학생 5명을 제외한 모든 등장인물에게 구체적이고 명확한 역할을 부여해서 주요 출연진이 상황극에 완벽하게 몰입할 수 있도록 도왔다. 구강청결제를 선물 받은 선생님이 멋쩍은 듯 쑥스러워하거나, 교무실에서 다른 반 선생님이 꼴찌한 학생에게 핀잔을 주는 모습은 몹시 친근하게 느껴진다. 또 시험 시간에 출연진이 조금만 떠들면 (시험이 가짜임에도) 다른 아이들을 방해한다며 감독 선생님이 제지하는 모습은 진짜 고등학교 풍경을 떠오르게 한다. 하지만 뭐니 뭐니 해도 전학생을 은은하게 경계하는 학생들의 표정과 행동이 진짜배기다. 고인혜 자살 사건으로 온 학교가 들썩일 때, 반 친구들은 고인혜의 생전 인스타그램 계정을 발견한다. 누군가 "야! 이거 봐!" 하고 외치자 재재와 비비, 예나가 "뭔데 뭔데 뭔데!" 하면서 둥그렇게 모인 친구들 품을 헤치고 얼굴을 들이민다. 그러자 학우의 말. "얘들아. 너네 걸로 찾아보면 안 될까?" 정중한 듯 쌀쌀맞은 말투에서 진짜 학교에 있는 듯한 느낌을 받는다. 실제로 조·단역들은 플롯을 의도한 대로 진행하기 위해 리허설만 4시간가량을 했다고 한다. 프로그램 장르가 스릴러인 만큼 감정적 몰입은 몹시 중요한 요소다. 〈여고추리반〉은 사건을 문제화하기 위해 촘촘하고 현실적인 무대를 꾸려서 주요 출연진과 시청자가 상황 설정에 빠져들도록 했다.

사건을 문제화하는 과정에서 또 빼놓을 수 없는 지점이 있다. 〈여고추리반〉에는 명확한 피해자가 존재한다. 정체불명의 음모 세력으로부터 죽음을 맞이한 고인혜와 나애리가 그렇다. 프로그램은 잘못한 것도 없이 억울하게 세상을 떠난 이들을 잊지 않고 추모한다. 비록 가상의 세계지만 원통한 죽음을 가볍게 여기지 않는 것이다. "다시 돌아오면 정말 잘해줄게", "다음 생에는 꼭 친한 친구로 다시 만나자", "부디 그곳에

선 외롭지 않기를." 고인혜 사물함은 친구와 선후배가 남긴 슬픔의 메시지로 가득하다. 만약 이렇게 조명하지 않았다면, 지나가는 인물 중 하나로 쉽게 잊힐 수도 있었다. 하지만 〈여고추리반〉은 자기만의 방식을 택했다. 5인방의 마음도 똑같다. 눈이 희게 내리자 박지윤과 장도연이 말한다. "눈 오니까 너무 슬프다.", "저 목도리 지나갈 때마다 마음이 너무…." 이들은 사건을 단순히 사건으로만 받아들이지 않고, 그 과정에 희생된 이들을 진심으로 기릴 줄 알았다. 추후에 고인혜가 사망하고 나서도 추리반은 크게 동요하는 모습을 보였다. 장도연이 말한다. "믿고 싶지 않았어요. 친한 건 아니지만 우리 모두 그 친구의 스토리를 알고 있잖아요. 죽기 전까지도 마음고생이 심했는데 그 친구가 악마들의 손에 희생양이 돼서 죽음을 맞이하는 걸 받아들이기가 너무 힘들었어요." 이러한 모습은 고등학생밖에 안 되는 다섯 명의 여자아이들이 왜 이렇게까지 해야 하는가에 대한 당위성까지 부여해 준다. 타인의 슬픔을 공감하고, 그게 얼마나 큰 비극인지 이해하는 인물들이었기 때문에 5인조는 이 수수께끼를 어떻게든 해결하고 싶었던 거다. 비록 내게 냉랭했던 친구들이지만 어떻게든 살려야 한다는 결연한 마음으로. 비비의 말을 옮기자면 이렇다. "우리 반 애들! 싸가지는 없었지만 살려줘야지!"

이러한 공감력은 추리반 멤버 사이에서도 강한 힘으로 작용했다. 5인조는 극 안에서 어떤 일이 벌어질지 유일하게 모르고 있었다. 아무런 정보가 없는 상태에서 벌어지는 미스터리는 극한의 공포를 불러일으킬 수밖에 없고, 때마다 멤버들은 소스라치게 놀라 비명을 지른다. 갑자기 불이 꺼지거나, 어디선가 알 수 없는 소리가 들려오거나, 자살했던 고인혜 SNS에 새로운 게시글이 올라오는 상황이 발생한다. 그럴 때 멤버들이 했던 건 바로 옆에 있는 사람을 꽉 끌어안는 거였다. 누굴 버리고 가거나 비명 소리를 언짢아하지도 않고, 서로의 두려움을 깊이 공감한다. 이런 과정이 반복되면서 추리반 구성원들은 어딜 가든 서로가 곁에 있을 거란 걸 깨닫게 된다. 어둠을 섬뜩해하면서도 결국 지하 벙커에 들어가고, 우는 소리를 내면서도 폭탄을 제거할 수 있던 동력이 바로 여기에 있다. 고통스럽고, 혼자가 아니라 해서 두려움이 완전히 사라지는 것도 아니지만 옆에 있는 이에게 의지하면서 결국엔 한 발자국 나아가는 것. 추리반이 문제를 해결하는 방식이다.

비록 딱 이만큼만 용기 낼 수 있겠지만

이러한 서로 간의 보호막은 양분이 되기도 한다. 다섯 명의 탐정은 결국 성장한다. 특히 최예나는 초반에 무서워하는 게 주역이라고 느껴질 정도로 자주 겁에 질리고 주저한다. 한번은 이런 적이 있다. 추리반이 마늘 치킨을 나눠 먹는 동안 어디선가 진동이 들려왔고, 소파 깊숙한 곳에서 주인 모를 핸드폰 하나가 발견된다. 선배들이 쓰던 추리반 공용 폰이었다. 발신 번호 표시 제한에 공포감은 더더욱 밀려들었지만, 이야기 전개를 위해 전화는 꼭 받아야 했다. 핸드폰을 들고 있는 최예나에게 장도연이 어서 받아보라고 말한다. 그러자 최예나의 반응. “아이이이~ 내가?” 아무래도 전화를 받는 게 무서웠던 모양이라 결국 전화는 재재가 받았다. 이야기는 무탈하게 흘러갔고, 프로그램도 이 부분을 최예나의 결핍인 것처럼 조명하지 않았다. 하지만 워낙 성격이 급한 나에게 이 장면은 아쉬움이 컸다. 전화가 언제 끊길지 모르는 급박한 상황에서 내내 머뭇거리다니! 이랬던 최예나가 고인혜의 자살을 기점으로 크게 변한다. 고인혜의 유서에 처음으로 문제를 제기하면서부터였다.

고인혜 유서에는 “너무 버거웠어^^”, “버틸 힘이 없어~” 같은 문장들이 적혀 있었다. 아무도 의심하지 못했지만 오로지 최예나만이 한 가지 사실을 짚어냈다. “유서가 죽으려는 사람의 태도 같지가 않았어. 이모티콘 같은 게 되게 밝았어. 빵긋빵긋. 감정 자체가 너무 다르잖아.” 그는 자신의 감정을 잘 읽었던 것처럼 타인의 감정 또한 기민하게 파악할 줄 알았다. 이게 얼마나 중요한 포인트냐면, 고인혜의 필적을 대조하면서 이모티콘 표식 안에 암호가 숨겨져 있다는 중대한 사실을 발견하는 데에 이른다. 그의 공포심을 그 누구도 문제 삼지 않은 덕분에 그의 감정 읽는 눈이 주눅 들지 않고 활약할 수 있던 것이다.

정점을 찍은 건, 고인혜의 자살 현장 사진을 보고 신발 끈 묶는 방식이 고인혜와 다르다는 사실을 알아낸 것이었다. 고인혜가 원래 발목을 한 바퀴 휘감아 신발끈을 묶던 것과 달리, 죽은 그가 신고 있던 신발은 보통 리본 묶기로 되어 있던 것이다. "사실 저도 신발 끈을 그렇게 묶어서 '어 나도 특이하게 묶는데 저 친구도 특이하게 묶네' 하고 공감하고 있었거든요. 그런데 사건 현장에서는 전혀 다른 거예요. 원래 그렇게 묶으면 끝까지 그렇게 묶거든요. 갑자기 달라질 수 없으니까 누군가에 의해서 신겨진 거라고 생각했죠." 타인과 자신의 공통점을 발견하는 공감 행위가 또 다른 실마리를 발견했다. 이 예리함에 다양한 의견이 더해지면서 진실로 향하는 속력이 빠르게 붙었다. "이미 죽은 상태에서 신발을 신긴 거네.", "그러면 신발을 안 신고 있는 곳에서 죽인 거네?", "신발을 안 신는 곳이면 보건실이잖아?", "그럼 죽은 곳이 옥상이 아니네." 그리고 마지막 화룡점정 "사건 현장이 조작됐네!"까지.

16화의 긴 여정이 이어지는 동안 이들은 경험으로 체감한 듯했다. 여기서 내가 할 수 있는 거라곤 딱 이만큼의 용기를 내보는 것뿐이지만, 그것이 결국엔 우리를 많이 바꿀 거라고. 아무도 인식하지 못했지만 친구들과 함께 지내는 동안 어느새 한 방향으로 걸어가고 있더라고. 〈여고추리반〉을 보다 보면 고등학생이었을 때의 감각이 그대로 살아난다. 특히 전학 온 시점에서의 새 학기 느낌. 선생님은 학생에 대해 아직 정보가 많지 않아 일단 경계하고, 학교 분위기는 공부하느라 냉랭하고, 결국 나를 이해해 주는 건 당장 내 곁에 친구들밖에 없는 그 느낌. 오로지 맛있는 걸 찾아다니는 것으로 마음을 달래던, 할 수 있는 게 거의 없는 미성년자의 관점을 생생하게 녹여냈다. 〈여고추리반〉을 다 보고 나면 저 다섯 친구 사이에 내가 없다는 사실이 외롭게 느껴진다. 모든 게 가상인 줄 알면서도 퍼뜩 학창시절의 풍경이 그리워지는 탓이다. 그건 아무래도 그 시절 내 두려움과 현재진행형 감정을 실시간으로 이해받았던 유일한 경험 때문인지도 모르겠다.

다음의 물음표

Q1. 〈여고추리반〉의 각 멤버가 추리 과정에서 보였던 장점을 하나씩 꼽고, 장점을 증명할 장면을 찾아보자. 더불어 멤버의 부족한 점은 무엇이고, 그 점을 누가 보완해 주었는지도 생각해 보자.

Q2. 〈여고추리반〉에서 감정을 몰입하게 했던 요소를 꼽아보자. 그 장치가 이 프로그램을 시청하는 동안 어떤 감정을 불러일으켰나?

드센 건 팔자가 아니라 여성 범죄다

속담은 아주 오래전부터 주인 없이 널리 퍼져온 일종의 콘텐츠다. 사회적으로 합의된 의미로 상황을 간단하게 묘사할 수 있는 언어 콘텐츠라 할 수 있다. 그런데 그 속을 들여다보면 여자 팔자를 다 꿰뚫고 있다는 태도로 호언장담하는 것들이 많다. 이를테면 '여자 팔자 뒤웅박 팔자', '여자는 제 고을 장날을 몰라야 팔자가 좋다', '딸은 엄마 팔자 닮는다', '팔자가 좋으면 동이 장수의 맏며느리 됐으랴' 등이 있다. 속담이 가진 강력한 힘에 비해 업데이트는 느리고 게으르기만 하다. 이미 이 속담들은 불신을 얻은 지 오랜데, 여전히 여자들의 운명이 정해진 것마냥 오만하게 존재하고 있다.

KBS 드라마 〈동백꽃 필 무렵〉은 불운한 팔자를 타고난 여자 이야기로 시작한다. 주인공의 별칭은 마을에서 제일 유명한 '그 동백이'다. 천애 고아에 아비 없는 아들에 치매 노모까지 건사하게 생긴 동백이다. 그가 운영하는 술집 까멜리아에 무슨 일이 생길 때마다 동네 곳곳에 동백이 팔자가 세다는 둥 박복하다는 둥 잡음이 파다하게 퍼졌고, 사람들은 조금의 의심 없이 꼬리표를 쉽게 믿었다. 기댈 곳 하나 없어 보이는 그의 삶은 정말 퍽퍽해 보였다. 그는 정말 재수 없는 팔자를 타고난 걸까? 하지만 연쇄살인범 '까불이'로부터 살아남은 생존자는 동백이뿐이었다. 극한 상황에서 유일하게 살아남아 생이라는 축복을 얻고도 그는 어째서 이런 누명을 뒤집어써야 하는 걸까.

딸은 엄마 팔자를 닮는다던데

동백이의 생을 정리하자면 이렇다. 그의 불운은 정확히 7살부터 시작됐다. 가난에 못 이긴 엄마로부터 버림받아 보육원에서 외롭게 자랐는데, 학교에 들어가니 선생님으로부터, 친구들로부터, 친구 엄마들로부터 골칫덩어리 취급을 받게 된다. 연인 강종렬과 오랜 시간을 함께했지만 임신을 하면서 그의 곁을 떠났다. 임신을 불안해하는 그의 모습을 보고 젤리곰만 한 아이를 지키기 위해 혼자가 되기를 선택한 것이다. 그렇게 찾은 옹산에서 터를 잡고 술집 까멜리아를 운영하게 되는데, 동네 주민들 눈초리도 심상찮다. 인사를 해도 잘 받아주지 않고 동백이만 빼고 번영회를 열기 일쑤다. 시장에서 물건을 사려고 하면 야금야금 500원에서 1,000원씩 올려 받는다. 게다가 연쇄살인범 까불이로부터 살아난 유일한 생존자가 된 후에는 기자며 경찰이며 죄다 동백이를 물어뜯는다. 까멜리아는 손님이 끊긴 지 오래고 예기치 못한 경제난까지 그를 뒤덮는다. 그로부터 5년 뒤, 이제야 모든 게 순탄해지는 줄 알았더니 동백이를 버렸던 엄마가 치매라며 갑자기 찾아오고, 까불이도 다시 코앞에 나타났다.

이 길고도 복잡한 역사 앞에서 동백이는 엄마로부터 버림받았던 경험이 비운의 시작점이라고 생각한다. 제 삶에 엄마가 있었다면 처지가 조금은 달랐을까 반복해서 상상하는 장면들이 그렇다. 자신을 적극적으로 반대하는 강종렬의 어머니를 처음 만났을 때, 동백이는 이렇게 생각했다. '이상하게 너네 엄마 만나는데 자꾸 우리 엄마 생각이 나더라. 나도 엄마가 있었으면 내 백 해줬을까?' 동네에서 어려운 일이 생길 때마다 자신의 편에 서는 곽덕순에게도 이런 말을 넌지시 건네기도 했다. "저한테도 회장님 같은 엄마가 있었으면 했는데…." 반면에 동백이는 자신의 엄마 같은 엄마가 되고 싶지 않았다. 까딱하다가는 제 엄마처럼 될까봐 경계하고 또 경계했다. 그러니 동백에게 엄마는 콤플렉스 그 자체다. 내게 없는 남들의 엄마를 부러워하다가도 기어코 그렇게 되고 싶지 않아서 악착같이 멀어지는 존재다. 엄마로 인해 자신이 눈치 보는 삶을 살았던 것처럼 하나밖에 없는 아들 필구를 죽어도 그렇게 키우고 싶지는 않았다.

딸은 정말 엄마 팔자를 닮는 걸까. 동백이만이 아니다. 강종렬과 결혼해서 지선이를 낳은 제시카도 엄마로부터 전적인 영향을 받아 비슷한 성향을 보인다. 결혼을 통해 안정을 찾고 부를 유지하는 엄마처럼 제시카도 '미세스 강종렬'이 곧 자신의 직업이고 커리어인 것처럼 군다. 그거 말고는 한 게 없냐는 누군가의 악플에 팩폭이라며 인정하는 모습을 보이기도 한다. 제시카와 엄마는 가부장적인 남편·아버지가 두려워 남편이 집에 있을 때는 거의 말을 하지 않는다. 엄마는 남편이 큰소리를 낼까 딸에게 아무것도 하지 말라고 타이르고, 제시카는 자연스럽게 스스로 생각할 힘을 저지 당한다. 그리고 최향미. 동백이가 엄마가 있었다면 어땠을지 상상하는 것과 달리 향미는 이미 엄마 없는 세상에 통달했다. 엄마가 술집에서 일했던 것처럼 그도 술집에서 일한다는 설정 역시 모녀간의 팔자 전이를 설득력 있게 해준다. 엄마의 부재로부터 향미는 외롭고 불안정한 삶까지 모든 걸 물려받았다. 엄마니 동생이니 이미 저를 제치고 잘만 사는데 향미는 집도 절도 없어 까멜리아에서 머리를 감고 쪽잠을 잔다. 일종의 굴레처럼 보인다. 드라마가 궁극적으로 팔자라는 게 얼마나 터무니없는지 보여주고 싶더라도 꼭 엄마와 딸을 엮어야만 했는지 의문이 들었다. 하지만 어느 지점부터는 〈동백꽃 필 무렵〉이 그 정반대에 무게를 두고 있다는 걸 알게 됐다. 엄마의 팔자가 딸에게 전이되는 게 아니라, 이 둘은 서로를 유일하게 상호보완하고 있었다.

뭉치면 살고 흩어지면 죽는다

동백이 엄마가 동백이에게 불행을 물려준 것 같지만 사실 엄마는 동백이 뒤에 내내 서있었다. 동백이가 보육원에서 자라는 동안, 홀로 자영업을 하는 동안, 심지어 까불이가 죽이려고 했던 순간조차도 정작 당사자는 몰랐던 엄마의 도움이 있었다. 생애 걸쳐 빚을 갚기 위해 그는 무던히 애썼다. 반대로 생명보험금을 주기 위해 왔던 엄마도 동백이를 만나면서 더 살고 싶어졌다. 동백이가 자기를 다시 만난 3개월이 어땠냐고 묻자, 엄마가 답했다. "엄마는 이번 생이 너무 힘들었어. 정말 너무 피곤했어. 사는 게 꼭 벌받는 것만 같았는데 너랑 3개월 더 살아보니까 너랑 살았던 7년 3개월을 위해 내가 여태 살았구나 싶더라. 독살 맞은 세월도 다 퉁 되더라." 그러니까 이 둘은 드센 팔자를 주고받는 사이가 아닌, 공동의 고난을 관통하기 위해 내밀하게 결속하는 관계인 것이다. 〈동백꽃 필 무렵〉의 다른 모녀 관계도 그렇다. 여성을 겨냥한 사회적 공격과 위험 앞에서 엄마와 딸은 고충과 피로를 이해하는 유일한 존재로 등장한다. 극이 전개되는 동안 '어머니'와 '사랑'이 주된 키워드로 나오지만 '모성애'를 강조하는 듯한 느낌을 주지 않는 이유도 여기서 비롯한다. 이 세계관에서 여성들은 누가 누굴 보살피는 게 아니라 서로를 의지할 만한 동등하고 강인한 존재로 인식하고 있다.

동백이와 엄마가 가난과 여성 혐오 범죄를 직면해야 했다면, 제시카와 그의 엄마는 가부장적인 환경을 함께 이겨내야 했다. 자꾸 생각하지 말라는 엄마에게 제시카가 말한다. "엄마. 근데 왜 난 생각 안 해? 엄마가 다 알아서 하니까 내가 등신 천치가 됐잖아." 그 말을 들은 뒤에 엄마는 비로소 화살을 아빠에게 돌리기 시작했다. "상미(제시카) 아빠. 당신 딸 보고 사람들이 관종이래. 아빠가 자식을 한 번 인정 안 하니 자식이 밖에서 구걸을 하지. 아비란 게 저 모양이니 자식이 정이 고프지." 그리고 별안간 쨍그랑 우당탕 소리. 남편의 폭력이 이어지고 엄마는 다시 내 탓이오 내 탓이오 한다. 사실 이 모녀의 경우는 문제가 완전히 해결되는 결말을 보여주지 않는다. 다만 둘 모두 문제를 각성했다는 중요한 시작점을 알린다. 집으로 홀로 돌아가는 상미에게 엄마가 짐을 쥐어주며 말한다. "상미야. 이혼 두 번 한 거 요즘 세상엔 흠도 아니야.

배알 틀리면 나와브러. 인자 엄마 말고 네 생각대로 해." 아빠가 줄 수 없는 해방감을 엄마가 안겨주면서 이들은 또 그들만의 고민을 해결해 간다. 그리고 다시 향미. 극 중에서 자신을 보호해 줄 엄마가 없던 향미는 결국 죽음에 이른다. 그렇지만 그에게 엄마가 아예 없었냐면 그건 또 아니다. "언니 엄마나 우리 엄마나 딱 언니만 같았으면 우리가 지금 꽁초나 찾고 있진 않았겠네." 하며 향미가 처음으로 엄마를 상상한 대상은 동백이었다. 향미는 동백이를 동경하고 사랑했다. 밥을 같이 먹는 것도, 고구마 껍질을 까주는 것도, 돈 훔친 것을 묻지 않는 것도 전부 동백이로부터 처음 받는 관대함이고 다정한 포용이었으니까. 어느 밤, 향미가 동백이한테 말한다. "너 하나는 그냥 나 좀 기억해 줘라. 그래야 나도 세상에 살다간 거 같지." 그래서 동백이는 먼 미래에 딸 이름을 향미의 본명으로 짓는다. 고운이라고. 곱디고운 고운이라고. 향미에게도 결국 외로움과 단절, 소외를 같이 이겨낼 존재가 있었다.

오해의 소지를 막자면, 그렇다고 드라마가 '딸은 엄마가 있어야만 안전하다'는 메시지를 담은 건 절대 아니다. 그보다는 로맨스 드라마임에도 다른 관계가 개입할 수 없는, 오로지 엄마와 딸 둘만 교감하는 관계를 형성해 냈다. 그리고 이 교감은 더 많은 여성들을 향해 확장되기도 한다. 살인범 까불이의 위협을 걱정하던, 옹산의 여성 주민들로 구성된 옹벤전스가 있다. "애들이 좀 먹어? 아니 번영회만 했다 하면 믹스커피니 간식이니 거덜을 내는데 왜 맨날 떡집서만 햐? 인자는 니네 집(동백이가 운영하는 까멜리아) 커피 먹을겨." 하며 까불이로부터 동백이를 수호하려던 여자들을 생각하면 그 관계성이 크게 다르지 않다는 걸 알 수 있다. 사회가 마음대로 여성의 운명을 한정하는 동안 여자들은 함께 문제를 직면하고 그곳에서 벗어날 방법을 궁리하고 있다. 독고다이를 고집하던 남자 주인공 용식이와 달리 계속해서 옹산 여자들이 힘을 합치고 기댄 것도 그 이유가 아닐까.

다음의 물음표

Q1. 여성 범죄 앞에서 〈동백꽃 필 무렵〉의 여자들은 어떤 태도를 취했나? 기존 여성 범죄를 다루었던 드라마와 어떻게 다른가?

Q2. '딸은 엄마 팔자 닮는다'는 오래된 말을 깨부수었던 다른 콘텐츠가 있다면? '팔자'라는 통념을 어떻게 다루었나?

4장

남성중심문화를 거부하는 여자들

회사 가기 싫어

슈퍼맘이라는 신화

나는 맞벌이 가정에서 자랐다. 엄마는 학습지 강사로 일했는데, 당시 여성 대부분이 살림을 도맡았기에 주변 사람들에게 본업을 가진 것에 합리적인 이유를 설명해야 했다. 엄마가 없는 낮 동안 나를 봐준 이는 4층에 사는 아주머니였다. 어렴풋하지만 20대 아들 셋이 있었고, 그 집에 키우던 잉어나 모형 컴퓨터 따위가 아직도 기억나는 걸 보면 결코 짧은 시간을 보낸 건 아닌 모양이다. 그러니 4층 아주머니댁은 엄마에게 아이를 맡길 수 있는 유일한 희망이자 매일의 고금리 빚이 차곡차곡 쌓이는 곳이었다.

어느 날, 엄마랑 거실 바닥에 드러누워 주제 없는 이야기를 하던 중 그 시절 이야기가 나왔다. 엄마가 입을 열었다. "나는 지금도 주변에서 아기 울음소리가 나면 불안해져. 너 4층에 맡기고 여기저기 수업 다닐 때 길에서 아기 울음소리가 들리면 그 자리에 주저앉아서 막 울고 그랬다니까. 다른 집 애들 공부시키러 다니면서 우리 애는 내가 제대로 봐주지도 못하는 것 같아서."

엄마 양선영과 양선영 과장

KBS 드라마 〈회사 가기 싫어〉는 문구기업 한다스 안에서 직장인의 희로애락을 보여주는 모큐멘터리(Mockumentary)로, 첫 방영과 함께 직장인으로부터 뜨거운 반응을 얻었다. 특히나 수직적이고 보수적인 회사 분위기에 반발심을 가진 2030세대의 호응이 가장 컸다. 그리고 2019년 5월, '슈퍼우먼은 없다' 편이 방영됐다. 12년 차 직장인이자 7년 차 엄마인 양선영 과장에 관한 에피소드였다.

이야기는 어느 휴게소에서 시작된다. 차에서 헐레벌떡 내린 양 과장은 화장실에서 옷을 갈아입고 화장을 급히 마친다. 숙련된 속도를 보아하니 한두 번의 경험이 아닌 듯하다. 오늘따라 쌍둥이 아이 둘이 아파 유치원에 보낼 수 없어서 이른 아침부터 시댁인 천안까지 다녀온 것이다. 오늘의 갑작스러운 반차는 이동하는 것만으로 끝이 났다. 지금껏 그의 휴가가 어떻게 공중분해됐을지 쉽게 가늠할 수 있었다.

회사에 돌아오고 나서도 영 매끄럽지가 않다. 아이를 맡기느라 쓴 반차 때문에 남자 동기인 박 과장에게 프로젝트를 넘기라는 이야기를 들은 것이다. 무리하지 말아라, 이 일에 올인할 수 있는 사람이 필요하다 등 배려를 가장한 공격이 계속해서 이어졌다. 이 말들을 듣다 보면 마치 무슨 잘못이라도 저지른 것 같다. 가만히 있던 양 과장이 대답한다. "그렇게 못하겠는데? 내 담당이고 알아서 잘하고 있는데 왜 자꾸 넘기라고 해요? 저 반차 썼지만 일도 다 마무리했고, 잘 마쳤어요. 그게 어떻게 고마운 거예요?"

양선영 과장은 출중한 능력으로 수석 입사을 했고, 장장 11년을 성실하게 근속했다. 그간 대형 프로젝트를 성공적으로 마친 것도 여러 번이다. 그런 그를 둘러싼 말들은 이런 것들이다. "일하느라 애 키우느라 힘들죠? 아, 아니다. 양 과장님 얘기는 아니겠다. 오전에 반차 쓰느라 바쁠 텐데.", "퇴근해. 천안에 애들 받으러 가야지. 가랄 때 가. 무슨 부귀영화 누리겠다고 저래.", "일 욕심도 좋지만 그러다 남편이 딴 생각한다." 양 과장은 자신 스스로를 빚쟁이라고 표현했다. 시어머니, 남편, 직장에 미안하다는 말을 입에 붙이고 산다는 이유였다. 그는 엄마로서도 회사원으로서도 제대로 하는 게 없다는 느낌을 떨칠 수 없다. 하지만 자꾸 빌고 또 비는 모습을 보니 빚쟁이보다는 '죄인'이 라는 말이 더 어울릴 지경이다.

유리 중 유리, 방탄유리

이러한 평가는 기혼 여성에게만 해당되지 않았다. M문고 다이어리 개발 책임자인 윤희수 과장은 트렌드를 잘 짚어내며 뛰어난 감각과 결단력을 지닌 인물이다. 그런 그에게 상사는 결혼은 언제 할 거냐는 질문과 동시에 결혼은 해도 애는 낳지 말라는 조언을 건넨다. "너 그러다 경력단절녀 된다?"라는, 역시나 걱정 어린 공격을 빼놓지 않는다.

양선영 과장의 업무를 다른 이에게 넘기라고 지시하던 자리에 윤희수 과장도 있었다. 강백호 차장이 프로젝트를 포기할 것을 채근하려는 순간, 윤희수 과장은 그의 말꼬리를 잘라버리고 잘 부탁드린다는 말로 매듭지었다. 양선영을 지키는 이는 윤희수가 유일했다. 독선처럼 비친 윤희수의 태도에 강백호는 이렇게 중요한 프로젝트를 맡기에 양 과장은 버거운 사람이라고 말을 꺼낸다. 아기 때문이냐고 묻는 질문에 강백호는 한 치의 망설임 없이 그렇다고 대답한다. 그런 그에게 "혹시 저거 보이세요?" 하고 윤희수가 위를 바라보며 한 번 더 질문을 던진다. 그러나 강백호는 심드렁하게 있을 뿐이다. "역시 강 차장님 눈에는 안 보이나 봐요. 내 눈에는 똑똑히 보이는데. 저기 있잖아요, 유리천장."

영국 이코노미스트가 2019년 발표한 유리천장지수(지수가 낮을수록 직장 내 여성차별이 심하다)에 의하면 OECD 29

개 회원국 가운데 한국은 최하위를 기록했다. 100점 만점 중 20점 남짓을 받아 OECD 평균인 60점보다 훨씬 큰 격차를 두고 있다. 특히 한국의 성별 임금 격차는 34.6%로, 유일하게 30%대를 유지하고 있다. 게다가 여성 임원의 비율은 꼴찌다. 강백호 차장에게 보이지 않는다는 그 유리천장, 정말 안 보이는 걸까 아니면 안 보이는 척하는 걸까?

없으면 없는 거다

이상하다. 평범치를 넘어선 '슈퍼(Super)'는 아빠도 아닌 엄마에게만 붙는데, 엄마에게 주어진 사내 직위며 직급은 조금도 슈퍼가 아니다. 혹시 수많은 역할을 짊어지게 하고도 직접적인 보상 대신 수식어로만 무마하려는 것은 아닐까. '엄마'는 계속해서 유지하면서, 산업의 역군으로도 쓰려는 은밀한 계략으로 말이다.

어느 여대에서 일명 띵문으로 전해 내려오는 글을 본 적 있다. 입사와 동시에 무조건 여성 카르텔을 생성하고 유지하라는 내용이었다. 결속력 없이는 여성 노동자의 입지와 처우를 쉽게 개선할 수 없고, 남성은 결코 여성 노동자를 대변해 주지 않기 때문이다. 엄마가 길 위에서 아이 울음소리를 듣고 주저앉았을 때, 나를 지켜준 것은 누구였나. 아빠가 아닌, 4층 아주머니였다.

여성에게 주어진 유일한 임무가 있다면 그것은 조금 더 허술해지는 것이다. 사회의 수많은 제약에도 거뜬하다는 능력을 일일이 검증할 필요가 없다. 남성 노동자들은 그들이 독박육아를 얼마나 부담스러워하고 어려워하는지 오랜 시간 잘 보여주었다. 슈퍼맘은 이 세상 어느 곳에도 없다. 우리도 '슈퍼'가 아니라 결핍과 어려움이 있는 사람이라는 것을 더욱 보여주어야 한다. 양선영의 남편이 아이들을 돌보고자 육아 휴직을 내기로 결심했을 때 비로소 양 과장은 본래 '슈퍼 능력'을 뽐낼 수 있었다. 사람들의 박수갈채 사이로 그의 선명한 목소리가 사무실을 메웠다.

"봤지? 이게 실력이야."

다음의 물음표

Q1. 아버지 육아 콘텐츠에서 보이는 육아와 현실 속 육아는 어떻게 달라 보이나? 그 차이는 어디서 발생한다고 생각하나?

Q2. 일과 육아를 병행하는 여성의 현실을 잘 그렸던 프로그램이 있다면 무엇인가? 어떤 점이 현실적이었다고 생각하나? 현실을 그려내는 프로그램의 태도는 어떠했나?

주체적이라는 거짓말

2018년 겨울, 〈SKY 캐슬〉이 방영하는 날이면 길거리가 텅 비곤 했다. 방송이 끝나면 무수한 기사가 끊임없이 생산됐고, 온라인 커뮤니티에는 각종 후기와 추측, 밈이 퍼져나갔다. 그야말로 'SKY 캐슬 신드롬'이었다. SKY 캐슬은 대한민국 최고의 명문 주남대학교 교수진만이 거주할 수 있는 주택 단지로, 등장인물들의 끈적한 욕망을 가감 없이 드러내는 공간적 배경이다. 이 드라마를 이루는 기본 골자는 세 가지 요소다. 아무나 접근할 수 없는 상류층의 폐쇄적 공동체, 부와 명예를 대물림하기 위한 입시 비리, 가족 간의 균열. 이 세 가지 포인트를 기반으로 재벌가 이야기를 다룬 드라마가 급증한 것도 〈SKY 캐슬〉 이후였다. 무엇보다 사람들은 주택 단지 이곳저곳을 헤치고 다니는 다섯 명의 여자들에게 환호했다. '야망'이라는 단어 앞에서 여성 인물의 이름이 제일 먼저 떠오르는 드물지만 강력한 경험 때문이었다. 그러나 지금부터 그 경험 안에 가려진 함정을 말하려고 한다.

높은 곳으로 향하는 여자들

SKY 캐슬에서 가장 중요한 건 교육을 통해 자녀들에게 권력을 세습하는 것이다. 명문대에 입학하여 부모의 전철을 밟아 N대째 의사 가문, 법조인 가문을 만드는 게 간절한 목표다. 한서진, 노승혜, 진진희, 이수임은 정도의 차이는 있지만 아이들 교육에 적극적인 엄마다. 특히 수임을 제외한 나머지 셋은 합격 비법을 알아내기 위해서라면 화려한 축하 파티를 열어주거나 선물을 전하는 일도 서슴지 않는다. 네 여자가 각 가족의 공동 목표를 이뤄내기 위해 주도면밀한 전략을 리드하는 풍경에서는 모계중심사회가 떠오르기도 한다. 아닌 게 아니라 남편인 강준상과 우양우는 누구보다 자식의 성공과 가능성에 흡족해하면서 정작 아내들을 세속적이고 유난스러운 사람으로 몰고 간다. 그들은 훈수 두기를 빼면 사실상 아무것도 하지 않는다. 이들이 자녀 교육을 위해 하는 일이라곤 그저 직업적 고고함과 우아함을 유지하는 것, 그뿐이다.

박영재 가족이 입시 코디네이터 김주영을 만난 후 파멸에 다다랐다는 것을 알게 된 남편 준상은 아내 서진에게 코디 고용을 그만두라고 강력히 권한다. 그가 직접 보고 들은 것이 있으니 이 설득은 꽤 중요한 주장이었고, 시청자에게 김주영의 미스터리함을 다시 한번 짚어낼 장면이기도 했다. 하지만 남편 준상이 고작 대안이라고 제시한 건 "애가 똑똑한데 그게 무슨 상관이야! 학교 수업 잘 듣고, 주요 과목 학원 보내면 되지!"였다. 그가 이토록 나이브하다. 이야기가 심화될수록 아빠들에게 주어진 임무의 중요도는 엄마들의 것과 현저히 차이 나기 시작한다. 네 명의 엄마가 김주영의 역사와 계략을 의심하는 동안 아빠들은 중심 사건에서 완전히 배제되기 때문이다. 그들은 애초 문제 자체를 인식하지 못하고, 오직 코앞에 있는 정치 싸움에만 몰입하면서 극 진행을 루즈하게 만들었다. 한서진의 딸 강예서와 전교 1, 2등을 다투는 라이벌인 김혜나가 이복형제라는 비밀이 가족 전체를 벼랑으로 몰고 갈 때에도 그랬다. 강준상은 이 사건의 원인 제공자이면서도 아무것도 모르다가 가장 마지막에야 알게 된 반면, 한서진은 예민한 감각으로 증거를 하나씩 찾아내서 스스로 진실을 맞춰 갔다.

또한 여성 인물들은 캐슬 안팎의 대립 구도를 정면으로 돌파한다. 싸움이 발생하면 피하거나 외면하는 법이 없다. 어떻게든 자신의 무리를 지키려 하면서도 이해득실을 빠르게 계산하는 모습은 봉건시대의 영토를 수호하는 제후의 면모와 겹쳐 보이기도 한다. 〈SKY 캐슬〉이 아갈머리를 찢어버리겠다는 곽미향(한서진 본명)의 발언은 포효처럼 보여주면서, 남자들의 싸움은 헛발차기와 헛주먹질뿐인 코미디로 희석하는 이유가 바로 여기에 있다.

아주 그럴듯해 보이는 실패

그렇다고 〈SKY 캐슬〉이 완벽하게 여성친화적이었냐면 그렇진 않다. 여전히 남성들만이 사회적으로 인정받는 직업을 갖고 있고, 여성들은 주로 집 안에서 그들을 조력하는 일을 담당했다. 가족 간 분위기가 비교적 수평적인 이수임은 동화작가라는 직업을 유지했지만, 전직 교사였던 한서진은 전업주부가 되어 아이들을 보살폈고, 대학에서 인문학 강의를 하고 싶었던 노승혜는 육아와 함께 박사학위 꿈을 접었다. 이들이 사건의 실마리를 하나씩 풀어나가는 중대한 과업을 도맡았더라도 그 무대는 집과 학원가로 몹시 비좁았다. 그뿐만이 아니다. 〈SKY 캐슬〉 여성들의 다양한 경험을 하나씩 겹쳐 보면 하나의 공통된 키워드를 발견하게 되는데, 바로 '가정폭력'이다.

여자라는 이유만으로 부모로부터 공부할 기회를 뺏기고 경제적으로 착취당했던 한서진, 친할머니와 아빠에게 무시받는 엄마를 지켜봐 온 강예서, 남편의 폭행을 묵인했던 이명주

(아들 박영재를 서울의대에 합격시켜 SKY 캐슬 안에서 워너비맘으로 꼽혔던 여성), 고농축 가부장적 남편에게 순응해야 하는 노승혜, 아빠의 강압적인 교육열에 못 이겨 하버드대 거짓 입학을 꾀한 차세리. 가부장적인 가정 환경에서 신체적·정신적 폭력을 감당해야 했던 건 대부분 여성들이었다. 물론 사회적 억압은 인물에게 중요한 서사적 장치기도 하다. 주인공이 자신이 처한 상황을 발판 삼아 이야기를 반전시키기도, 궁극적인 성장을 이루기도 하므로 주인공을 괴롭게 한다는 이유만으로 특정 요소를 비난할 수는 없다. 다만 이러한 여건에도 주인공이 통념적인 편견이나 선입견을 뛰어넘어야 장치의 존재 이유를 납득시킬 수 있다. 그렇지 못하고 비극이 제자리를 헛도는 방향으로만 연출된다면, 그건 그저 피해의 재생산에 불과하다.

대표적으로 한서진은 어릴 적부터 결혼 후까지 가족 간의 정서적 폭력에 노출되어 있었다. 딸 예서를 명문대 의대에 진학시키려는 목표가 야욕 넘치는 모습으로 비치는 듯했지만, 김혜나 살인사건과 황우주의 살인 누명에도 여전히 의대 진학만 걱정하는 건 과잉 집착과 광기에 지나지 않았다. 그가 겪은 안타까운 폭력은 그를 성장시키는 데 아무런 기능도 하지 못하고 드라마는 한서진을 어리석게만 조명했다. 심지어 인생 자체가 어머니의 마리오네트였던 강준상조차 김혜나의 죽음을 통해 각성하고 마는데 한서진은 마음속 미련과 여전히 분투한다. 놀랍게도 다음은 강준상의 대사다. "우주 인생 생각해 봐. 그렇게 인생 망쳐놓고 우리 예서가 설령 서울대 의대를 간다고 하더라도 제대로 살 수 있을 것 같아? 욕심 내려놔. 예서 인생하고 당신 인생은 다른 거야."

우습게만 느껴지는 이유

마지막으로 우리가 잊어선 안 되는 인물이 있다. 그 나이대에 누릴 수 있는 건 아무것도 누리지 못하고 너무나 쉽게 죽어버린 여자아이 김혜나. 김혜나는 입시 코디네이터 김주영과 강예서의 이인삼각 무한질주에 제동을 걸었던 영민한 인물이었다. 뚜렷한 자기주관과 어른을 휘두르는 장악력까지 모든 걸 두루 갖춰 시청자의 뜨거운 응원을 받기도 했다. 다른 여성이 그랬듯 혜나에게도 가정폭력의 흔적이 있다. 한 부모 가정이었던 그는 병상에 누운 엄마를 대신해 병원비를 스스로 충당해야 했다. 가혹한 가난을 뒤로 하고 동창의 수행평가를 대신 해주면서 어떻게든 돈을 벌었다. 어른에게도 버거운 일을 홀로 감당하는 것. 그에게 가해진 폭력은 이런 류였다.

드라마가 진행되는 동안 혜나는 어머니의 죽음, 회장선거 불출마 협박, 선생의 질타 등을 통해 끊임없이 자신이 혼자라는 것을 상기해야 했다. 아무리 혜나가 똑똑하고 당차 보여도 고작 17살이었다. 적대적 관계였던 한서진이 방문을 열어젖

히면 누워 있던 몸을 황급히 일으켜 경계했고, 같이 차를 타고 가다가 외지에 버리면 그냥 그렇게 버려지는 것 말고는 할 수 있는 게 아무것도 없는 17살짜리 아이였다. 주변 어른들은 혜나에게 대견하다는 칭찬으로 그들만의 커뮤니티에 끼워 줄 듯 굴었지만, 끝끝내 그런 일은 일어나지 않았다. 심지어 혜나의 결말은 비탄했다. SKY 캐슬의 어른들이 영역 다툼을 하는 동안 종전의 재물이 되어 목숨을 잃고 만 것이다. 우주의 생일 파티 날, 누군가 건물 아래로 혜나를 밀어버렸다. 드라마는 이 무고한 죽음을 기점으로 빠르게 전개됐다. 누가 진범이냐는 질문 아래 진흙탕 싸움을 한바탕 벌이고, 가장 끝에는 각자 자기 잘못을 뉘우치는 전형적인 수순으로 향했다. 후회와 반성을 거듭한 아빠들은 이런 말을 남겼다.

강준상 지금이라도 아빠 노릇, 남편 노릇, 자식 노릇 제대로 한번 해볼 생각입니다.

황치영 저도 이번 일 겪고 나니까 우주랑 집사람이랑 한 식탁에 둘러 앉아 있는 것만으로도 그게 정말 행복하더라고요.

우양우 따따부따 잔소리해 대는 마누라하고 징글징글하게 공부 못하는 자식 하루에 열두 번도 내다 버리고 싶지만 복작복작 부대끼며 사는 게 이게 또 행복 아니겠습니까?

이것 참 해도 해도 너무하다. 그들의 깨달음을 들으니 혜나가 살겠다고 발버둥 쳤던 지난날이 모두 무의미하게 느껴질 정도다. 생애 크고 작은 불행으로 점철되었던 아이는 죽음마저 비껴가질 못했는데, 남아 있는 남자들은 그걸 자신의 성장으로 발판 삼아 소회를 나눈다. 자살이었지만 아들의 절연과 남편의 폭력으로 사실상 타살에 가까웠던 이명주의 죽음 또한 남편 박수창에게 큰 깨우침을 준다. "인생 길어. 코앞만 보지 말고 10년, 20년을 내다봐. 대학? 내가 보기에 그거 아무것도 아니다."

〈SKY 캐슬〉은 사회적 희생자로 여전히 여성을 지목했고, 이러한 참혹한 사건들은 철없는 중년 남성을 성숙하게 만드는 도구로 이용되었다. 남성들이 공통적으로 말했던 가족, 행복, 소중함 같은 단어들은 여성 피해자들의 슬픔의 크기와 견줄 수 없어 비통하기만 하다. 〈SKY 캐슬〉이 전무후무한 여성들을 만들어 낸 건 분명하지만, 아무도 대변해 주지 않아 외롭기만 했던 죽음들을 과연 어떻게 잊을 수 있을까?

다음의 물음표

Q1. 그동안 미디어는 상류층 여성을 어떤 방식으로 그려왔다고 생각하나? 그것과 〈SKY 캐슬〉은 어떻게 같고 어떻게 다른가?

Q2. 상류층 문화를 솔직하게 담은 작품 속에서 전형적인 젠더 규칙을 벗어났던 인물이 있다면 누가 떠오르나? 어떤 모습과 장면을 통해 전형성을 탈피했다고 생각하나?

다큐 인사이트: 개그우먼

'쩌리'라는 특권

화면 속 환히 웃는 얼굴, 천진하고 엉뚱한 효과, 재치만점의 자막. TV 예능 안에는 무수한 즐거움이 빽빽하게 진열된 양 보인다. 하지만 그 안에도 어김없이 사각지대가 있다. 카메라가 비추지 않아 존재한 줄도 모르는 사람들, 나오더라도 출연 시간이 절대적으로 짧거나 모서리에 겨우 얼굴을 내미는 사람들, 대중에 얼굴을 알려도 관습적인 역할에 욱여넣어 진짜 나를 잊는 사람들이 그렇다. 방송국의 암묵적인 위계와 질서 속에는 무성한 나무 옆에 자리한 민들레처럼 발견되길 기다리는 이들이 있다. TV 예능은 그동안 구석에 자리한 사람을 어떻게 다루었을까?

쩌리짱과 안 웃긴 형돈이

10년 넘게 사랑받아 온 〈무한도전〉은 그들만의 방식으로 시청자에게 외면받는 출연진을 도왔다. 이를테면 정형돈이 시청자에게 오락적으로 좋은 평가를 받지 못할 때 '안 웃긴 형돈이'라는 별명을, 중심 흐름을 못 잡고 겉도는 정준하에게는 '쩌리'라는 별명을 붙였다. TV 예능에서 새로운 별명은 곧 또 다른 캐릭터 창출을 뜻했고, 이들은 그간의 성과와는 별개로 새로운 기회를 얻게 된 것과 같았다. 오프닝마다 서있는 자리에 중심과 끝은 존재했지만, 끝자리에 배치되는 것이 낙오를 뜻하진 않았다. 그러니 〈무한도전〉은 거대한 명맥만큼 출연진의 고용 또한 다른 프로그램에 비해 안정적인 편이었다.

프로그램 입장에선 논란의 인물을 시장성 있는 인물로 빠르게 전환한 것이니 탁월한 임기응변과 훌륭한 전략을 보여준 것이기도 하다. 하지만 문득 의아해진다. 오랜 시간 예능 프로그램 메인 자리에 여성을 세우지 않은 이유로 방송계는 원래 치열하기 때문이라고 말해오지 않았던가? 그런 것치고 상당히 관대한 결정에 당혹감이 밀려온다. 2020년 6월에 방영된 KBS 〈다큐 인사이트: 개그우먼〉은 첫 여성 희극인 배출 이래 개그우먼의 입지를 살폈다. 예능 판에서 개그우먼의 입지란, 마치 신문지 접기 게임 같다. 반으로, 반의 반으로, 반의 반의 반으로 접으면서 나중엔 차마 설 곳이 없을 정도로 급속도로 면적이 좁아졌다. 만일 제작진이 출연진을 보호하는 게 암묵적인 룰이라면 왜 여성들에겐 적용되지 않았을까. 방송국 안의 남성 연대가 어떻게 '쩌리라는 특권'을 만들었는지 확인해야 했다. 누군가는 부족함이 새로운 캐릭터가 되는 동안, 또 다른 누군가는 이유 모를 무명기를 거쳐야만 했다.

가장 어두운 구석으로

1990년, 여성 희극인 최초로 김미화가 KBS 연예대상 대상을 수상했다. 그리고 그다음 여성 대상 수상자가 나오기까지 걸린 시간은 28년이었다. 이 긴 시간에 대해 이성미가 말했다. "사실 너무 오래 걸렸죠, 28년이라는 시간이 지나기까지. 그 오랜 기간 동안 인물이 없던 건 아니었어요." 박미선, 이경실, 팽현숙, 김지선, 정선희…. 그동안 외면받은 숱한 얼굴들이 스쳐 갔다. 공식 선발대회로 뽑힌 첫 개그우먼 이성미는 여성 역할이 필요한 코너에 자동으로 소속됐고, 송은이는 얼굴이 앳되고 몸집이 작다는 이유로 대부분 누군가의 딸이나 동네 꼬마로 나왔다. 우악스럽고 강한 캐릭터를 맡았던 김숙과 박나래는 대중으로부터 비호감 이미지를 얻으면서 구석으로 밀려나 10여 년의 긴 무명기를 거쳐야만 했다. 여성 희극인에게 주어지는 역할은 대체로 전통적인 성 역할을 넘어서지 못했고 코너에 일원이 되더라도 주인공을 조력하는, 일명 '치고 빠지기' 전문가가 되었다.

개그우먼은 그렇게 '배경'이 됐다. 자리를 깔아주고 자기 몫을 다한 뒤 조용히 나가는, 그게 전부인 자리. 〈다큐 인사이트: 개그우먼〉에서는 여성 희극인이 무대에 들어가 짧은 대사를 읊고 그대로 나가는 모습을 모아 일련의 과정을 보여준다. 여성 치어리더나 백댄서는 남성 출연진의 양 옆에서 분위기를 북돋았다가 사라지고, 글래머 체형의 여성 행인은 남성들의 시선을 뺏은 뒤 무대 뒤로 향한다. 개그우먼은 대부분 긴 시간 무대에 머무르지 못하고 카메라와 조명 그리고 관중의 시선이 닿지 않는 곳으로 가기 위해 발걸음만 바쁘다. 단역이란 게 원래 남녀 신입 불문하고 노출 시간이 짧은 거라고? 그 말이라면 더더욱 석연찮다. 양적으로도 부족한 와중에 질적 내용을 보아서도 개그우먼에겐 유난히 성적 어필이 가미된 역할이 주어지기 때문이다.

얼짱과 폭탄 그사이

다큐멘터리 인터뷰 중 박나래가 말했다. "저는 얼굴로 웃기는 개그를 하고 싶지 않았어요. 그냥 저만이 할 수 있는 개그를 하고 싶었거든요. 그런데 어느 순간 얼굴로 웃겨야 대중에게 더 빨리 다가갈 수 있더라고요." 이어지는 오나미의 말. "제가 방송국에 처음 왔을 때 선배님들이 그러더라고요. '너구나…?' 저는 제가 못생겼다고 생각한 적이 없어서 이게 무슨 말인 줄 몰랐어요. 제 첫 대사가 '나는 여자다!'였는데 사람들이 엄청 웃는 거예요. '내가 여자인 게 왜?' 싶었어요."

'뚱뚱한 여자'와 '못생긴 여자'. 두 특성이 웃음으로 거래되는 이유를 들여다보면 특정 범주에서 벗어나 우스꽝스러움을 산다는 공통점이 있다. 그리고 그 범주는 남성중심사회가 공고하게 만든 미적 기준에서 비롯했다. 여성의 외모를 쉽게 평가하는 문화가 개그우먼을 비껴갈 리 없었다. 쉽게 놀렸고, 쉽게 웃었다. 물론 예쁜 희극인도 있었다. 그럼 좀 편했을까? 얼짱 개그우먼이라는 수식어를 달았던 김지민이 내내 들어야 했던 말은 "개그우먼이 왜 예쁜 척해?", "언제 웃길 거야?" 같은 것이었다. 얼짱이라는 별명에 반짝 집중해 놓고, 돌연 그의 삶 자체가 모순인 것처럼 반응했다. 그에게는 이러지도 저러지도 못할 함정만이 남게 되었다.

시간이 지나면서 분위기는 많이 달라졌다. 외모 평가 개그에 대한 관중의 인식이 바뀌고, 다양한 체형과 외모의 여성 롤모델이 떠오른 덕이다. 종아리 둘레부터 쇄골의 모양까지 나노 단위로 미적 기준이 엄격했던 잣대는 무용해졌다. 박나래가 등장한 나이키 '너라는 위대함을 믿어' 광고에 많은 이가 환호했던 이유도 그와 같다. 한쪽 입꼬리가 멋지게 올라간 당당한 모습, 다부진 체형과 단단한 눈빛. 광고가 한창 뜨거운 반응을 얻은 2019년 1월, 박나래가 해당 광고 영상을 SNS에 올렸을 때 개그맨 양세형이 댓글을 달았다. "ㅋㅋㅋ확 튀는

데ㅋㅋㅋㅋㅋ" 그러니까 세형 씨, 그런 거요. 그런 거 이제 안 웃기다고요.

살아남기로 했다

안 그래도 작은 파이를 나눠 가져야 하는 마당에 예능의 판도가 바뀌면서 미혼 개그우먼이 설 자리는 더욱 좁아졌다. 〈무한도전〉, 〈1박 2일〉, 〈이경규 김용만의 라인업〉, 〈남자의 자격〉, 〈나는 남자다〉 등 남성 출연진이 무더기로 나오는 프로그램이 우후죽순 나오기 시작하면서부터였다. 인터뷰 중 KBS 김상미 PD가 남성 출연진만 집중 조명되던 시절을 되짚었다. "'여자는 재미없잖아'라는 말이 통용되던 때가 있었어요. 여자들은 완전히 망가지지 않고 몸을 사린다는 그럴싸한 이유도 붙으면서요. 새로운 시도를 하기보다 성공한 기존 방송 구성을 서로 따라가는 환경도 한몫했죠." 언제나처럼 일이 늘 있을 거라고 믿어온 김숙과 송은이의 고용도 불안정해졌다. 〈아빠! 어디가?〉를 비롯한 〈슈퍼맨이 돌아왔다〉, 〈아내의 맛〉 등 육아·부부 예능이 늘어나자 남편도 아이도 없는 이들이 나설 자리는 턱없이 부족할 수밖에 없었다. "그렇게 여자들이 필요가 없어지는 지경까지 간 거죠. 능력 있는 개그우먼 후배들이 일자리를 많이 잃어버렸어요." 이성미의 말을 들으면서 우리가 알지도 못한 채 그대로 사라진 여자들이 얼마나 많았을까, 불현듯 슬퍼졌다. 정확한 이유도 모르고 끝을 기약할 수 없는 동면에 들어야 하는 상황에서 송은이는 자기만의 전략을 짜기 시작했다. 팟캐스트 〈송은이&김숙 비밀보장〉, 〈밥블레스유〉, 〈김생민의 영수증〉 그리고 걸그룹 '셀럽파이브'까지. 전례 없던 콘텐츠를 내놓기 시작한 것이다. 그만의 꾸준함에 많은 이가 뜨겁게 환호했다. 제작자, 출연진, 시청자 모두가 벽인 줄로만 알았던 문을 열었고, 그렇게 생각의 판이 크게 뒤집혔다. 당시 반응을 압축하자면 이랬다.

"아니, 이게 되네? 심지어 재밌잖아?"

종종 눈치 없는 일이 벌어지기도 했다. 이를테면 '마흔파이브'. 허경환, 박성광, 김지호, 김원효, 박영진은 어느덧 40대에 접어들면서 나이 듦에 새롭게 도전하기 위해 밴드를 결성했다. '셀럽파이브'를 따라 한 것 아니냐는 질문에 그보다 먼저 결성했다고 하지만, 글쎄. 궁색 맞은 말로 들린다. 도전에는 사회적 맥락이 필요하다. 무엇에 대한 저항이고, 도전 이전의 삶이 어땠는지 이해될 때 비로소 대중도 공감한다. 마흔파이브 멤버들이 나이 듦에 개인적인 설움은 있겠지만 그게 그들에게 어떤 사회적 한계로 작용했는지 알 수 없다. 이렇게 공감이 부재한 상태에서 셀럽파이브를 연상시키는 타이틀을 갖고 온 건 누군가의 노력을 큰 고민 없이 쉽게 빌려온 것처럼 보일 수밖에 없다. 이들이 놓친 것이 있다면 단 하나, 셀럽파이브는 결코 낭만으로만 만들어진 그룹이 아니라는 것이다.

시청자의 숙제

〈무한도전〉에서 김숙과 송은이를 활용했던 방식은 고정되어 있었다. 소개팅 상대자('로맨스가 필요해' 편), 데이트 상대자('IF 만약에' 편), 백그라운드 댄서('나름가수다' 편) 등 잠재적 연애 대상으로 보거나 분위기를 돋우는 역할만 부여하면서 김숙과 송은이를 어렵게 만든 기존 남성중심적 구조를 오히려 연장시켰다.

그렇다면 이 굴레를 끊어낸 것은 무엇일까. 송은이 사단의 결단? 새로운 여성 캐릭터의 등장? 여성 제작진의 입지 증가? 모두 필요하고 의미 있다. 하지만 나는 이 변화에 호응하는 적극적인 시청자를 먼저 꼽고 싶다. 2019년 MBC 연예 대상에서 우수상을 받은 안영미가 그랬다. "제가 〈라디오스타〉에 들어오게 된 게 시청자들 댓글 덕분이라고 하더라고요. 여러분이 재미있다, 웃기다 해줘서." 우리는 너무 오랫동안 잊고 지냈다. 시청자가 긍정적인 반응을 하니, 개그우먼이 일자리도 얻는다.

모든 사람이 성공할 수는 없다. 제 맘대로 찾아오는 암흑기를 피할 수 없고, 한 사람의 역사에서 무명기는 그 자체로 의미 있기도 하다. 다만 '짜리' 시절을 하나의 전략으로 모든 이들이 이용할 수 있다는 전제하에 이 말도 유효할 것이다. 주인공을 맡지 못해서, 외모 평가 때문에, 업무 환경이 바뀌어서와 같은 외부적인 요건 하나로 구석에 몰리는 건 공정하지 못하다. 〈다큐 인사이트: 개그우먼〉의 마지막 인터뷰에서 송은이가 어두운 스튜디오의 문을 열고 나갈 때, 그리고 그 틈으로 빛이 환히 들어올 때 예능 역사의 2막이 열리는 것만 같았다. 어쩌면 그게 분명하다.

다음의 물음표

Q1. 언제부턴가 TV에 보이지 않는 여성 희극인이 있다면 누구인가? 그 이유는 무엇이고 현재 관점으로 납득이 가는가? 그렇지 않다면 그 이유는 무엇인가?

Q2. 누군가를 비하하지 않고도 가장 크게 웃었던 소재는 무엇인가? 어떤 점이 그러했나?

Q3. 주말 저녁 예능을 하나 골라보자. 프로그램 방향과 성격에 맞춰 나만의 여성 가상 캐스팅을 한다면 누구를 선정할 것인가?

빈센조

최명희가 있어 기쁘지 아니한가

포털 사이트에 '역대 악역'을 검색하면 게시물마다 꼽는 인물은 거의 비슷하다. 〈추격자〉 하정우, 〈신세계〉 박성웅, 〈악마를 보았다〉 최민식, 〈범죄도시〉 윤계상, 〈관상〉 이정재…. 장르를 불문하고 사람들의 이목을 끌었던 다양한 악역의 공통점은 이렇다. 개인의 도덕적 잣대가 완전히 기능을 잃어 극악무도한 일을 별 죄책감 없이 저지른다는 것. 이런 캐릭터를 위해서 사이코패스라는 설정도 영화나 드라마 속에 빈번하게 등장한다. 사실 사이코패스는 현실 세계에서 악랄한 범죄와 연루되어 대중을 큰 공포로 몰아넣는 사례가 많은데, 유독 영화와 드라마에서는 법적·도덕적 옳음을 떠나 일종의 매력으로 전환된다. 여기서 매력이란 섹슈얼한 어필을 말하는 게 아니다. 그 역할을 연기하는 배우에게 이전까지 몰랐던 모습을 발견하고 커리어의 대변신을 감탄할 기회가 된다는 것이다. 착하기만 한 선역보다, 폭력적이고 강압적인 악역을 거쳤을 때 더 '남성적'인 면모를 갖춘 것처럼 환호하는 것도 그 때문이다. 그리고 역대 악역 리스트에서 여전히 여성은 찾기 힘들다.

물론 악역으로 이름을 알린 여성 배우들도 있다. 다만 위 조건과 차이가 있다면, 아무런 이유 없는 남성들의 악행과 달리 여성 악역은 대부분 '시기와 질투' 같은 감정적 원인을 갖고 있다. 이런 전제 조건은 시청자의 공포심을 쉽게 축소시켰고 여성 배우들은 자연스럽게 '악역'이 아닌 '악녀'로 분류되었다. 공포심을 뛰어넘어 경외감까지 불러오던 남성 악역과 달리 여성 악역은 누구든 어리석다고 평가할 만한 상대적 만만함을 갖고 있었다. tvN 드라마 〈빈센조〉에서 차명희를 처음 봤을 때, 나는 아주 오랫동안 기다렸던 여성 악역을 드디어 만났다고 생각했다. 동시에 애석하게도 그를 반길 만큼 우리가 준비되어 있지 않다는 사실도 깨달았다.

조금 갑작스럽군요

〈빈센조〉의 주된 줄거리는 이 한 문장으로 설명할 수 있다. '악은 악으로 처단한다.' 권력에 눈이 먼 공권력, 가짜 뉴스를 퍼뜨리는 언론, 개인의 욕구만을 추구하는 정치인, 그리고 이들의 욕망을 이용해 거대한 자본을 쌓는 대기업. 한국 사회에 거미줄처럼 얽힌 악의 군단을 이탈리아 콘실리에리(마피아 계급의 고문) 빈센조가 정통 마피아의 방식으로 심판하고 해소하는 이야기를 그렸다. 화학, 건설 등 다양한 분야에서 거대 사업을 이끄는 바벨그룹은 정재계 카르텔 중심에 서있다. 폭주를 막는 자가 없으니 두려울 것도 없고, 몸집을 부풀리기 위해서라면 수단과 방법을 절대 가리지 않는다. 이들에겐 수호자 '법무법인 우상'이 있다. 만인을 위한 법이 아니라 극소수를 위한 법, 정의를 위한 법이 아니라 욕망을 위한 법. 우상은 자신이 원하는 대로 법을 교묘하게 주무르고 악용할 줄 알았다. 그 사이에 최명희 변호사가 있다.

최명희는 원래 남동부지검 특수부 에이스 검사였다. 특히 날조와 음모에 유난히 뛰어났다. 사건을 조사할 때에도 진실 자체를 알아내기보다는 진실이라고 말하고 싶은 것을 조작해냈다. 차관 앞에서 일말의 망설임 없이 차명희가 말한다. "빚만 10억 7천에다 집 한 채도 없던 청백리의 상징 김의평 장관. 그런 김 장관을 20억 부정 축재로 몰아서 자살하게 만든 게 누구게요? 차관님 내가요, 홀딱 다 젖은 옷에서도 탈탈 먼지 털어내는 인간입니다. 두고 보세요." 위에서 지시하는 바를 충실히 따르는 것. 그것이 최명희의 임무였다. 하지만 언제부턴가 황 지검장은 그의 충심을 모르쇠로 일관했고, 같은 라인의 서 부장을 밀어줄 듯 굴었다. 차명희가 차관 문제를 해결하자마자 기다렸다는 듯 사건을 내려놓고 다른 검사의 성폭행 스캔들을 정리하라는 지시를 내린 것이다. 심지어 그 사건은 피해 여성의 진술, 함께 있던 다른 여성의 진술, 펜션 주인이 찍은 사진까지 증거가 명확했다. 차명희가 난색을 표하자 황 지검장은 지검의 명예가 걸린 일이라며 압박을 더했다.

아무리 능력이 출중하고 지시를 고분고분 따르더라도 최명희는 남성들의 견고한 카르텔에 진입할 수 없었다. 그가 다른 검사들과 동등한 지위를 가질 수 없던 건 아무리 생각해도 여자라는 이유 말고는 없어 보였다. 그 배제의 결과로 최명희는 검찰청을 나와 변호사가 되기로 한다.

〈빈센조〉에서 차명희의 첫 등장은 누구보다 강렬했다. 코인빨래방 TV 앞에서 줌바 댄스를 추며 무아지경에 빠진 장면. 그것도 어찌나 신나고 맛깔나게 추는지 그의 정체가 악랄한 역할이란 걸 알아차리지 못할 정도였다. 옆에서 두 남성이 우스꽝스러운 몸짓을 비웃으며 사진을 찍자 최명희는 멈추지 않고 줌바 댄스를 계속 추면서 그들에게 다가갔다. 실로 광기에 가까웠다. 그리고 강력한 한마디를 던진다. "이 새끼들이 어디 공공장소에서 성희롱을 하고 그래. 둘 다 법무부 이불 한번 덮어볼 거야? 이 쌰발라들아." 그는 대부분 이런 식이었다. 어디서든 뻔뻔하게 줌바를 즐기고, 성에 안 차면 '쌰발라'를 남발하며 중요한 자리에서도 발가락 사이를 벅벅 긁었다.

수더분한 차림새에 능구렁이 같은 말투는 덤. 그는 그냥 악역이 아니었다. 정확히는 '괴짜 악역'에 더 가까웠다. 원래 천재도 그냥 천재보다 괴짜 천재가 더 신경 쓰이는 것처럼 악역도 괴짜가 더 매력 넘치는 법이다. 물론 기존에도 비슷한 유형의 인물이 있었다. 〈베테랑〉의 조태오, 〈독전〉의 박선창, 〈빵반〉의 정재철. 눈이 조금 돌아간 채 실실 웃으면서 악행을 저질렀던 대표적인 캐릭터로, 그저 무섭기만 한 악역보다 훨씬 진한 인상을 남겼다. 여성에겐 이런 것들이 필요했다. 기존 남성들이 그려낸 악역 다양성의 가짓수만큼, 우리도 같은 양의 여성 악역을 꼽을 수 있어야 한다. 최명희가 존재함으로서 우리에게 어떤 변화가 생길까. 앞으로 살짝 정신 나간 능글맞은 악역을 말할 때마다 '최명희'로 모든 성질을 설명할 수 있는 편리함을 얻게 됐다.

누군가 최명희의 음모로 죽임을 당하는 날이면 최명희는 홀로 쌈밥을 시켜 먹었다. 입에 우악스럽게 쌈밥을 욱여넣는 모습이 사건과 크게 대비되면서 누군가를 희생양으로 삼는 게 이 사람에게 얼마나 쉬운 일인지 알 수 있었다. 게다가 그는 목표에 필요한 일이라면 뭐든지 다 했다. 질투나 시기 같은 개인적인 감정으로 일을 처리하는 게 아니라, 필요와 불필요에 의해 결정하는 냉철함을 지닌 것이다. 그에게 선과 악의 경계는 딱히 중요하지 않았다. 그저 이해관계에 따른 입장 차이만 있을 뿐이다. 이렇듯 성격 특이하고 능력 출중한 드문 캐릭터가 생겨났지만, 〈빈센조〉 방영 초반에는 최명희를 향한 잡음이 생각보다 잦았다. 배우 김여진의 경상도 사투리가 어색하다거나 능구렁이 연기가 뜬구름 같다는 반응이 제기된 것이다. 정말 이상한 일이다. 정작 김여진은 마산 출신이고, 극 안에서 과장된 코믹 연기를 하지 않는 건 빈센조뿐이었다. 김여진만이 뜬금없이 코믹 연기를 하는 것처럼 몰아갔지만, 그건 의도된 드라마 콘셉트였다. 게다가 박재범 작가의 전작을 안다면 더더욱 이해할 수 있는 부분이다. 박재범 작가의 〈김과장〉, 〈열혈사제〉는 진지한 소재에 과장된 코믹 요소를 넣어 쓴웃음을 짓게 하는 공통점을 갖고 있기 때문이다. 극 중 최명희가 검찰청 안에서 끝내 받아들여지지 못했던 것처럼, 사람들은 그를 계속 밀어내는 것 같았다. 아무래도 시청자는 여성 캐릭터 다양성의 확장을 눈치채지 못한 듯했다.

악역을 비난하는 데에도 방식이 있다

극 전반을 봐도 최명희는 반드시 필요한 역할이었다. 사실상 적군 빈센조를 가장 잘 파악하고 명석한 전략을 세우는 건 최명희의 몫이었다. 빈센조의 약점이 무엇인지, 그 약점을 어떻게 자극해야 빈센조를 최대한 무력화할 수 있는지 유일하게 알고 있었다. 오히려 바벨그룹의 회장 장준우는 사이코패스라는 사실로 잔인함만 보여줄 뿐 직접 계획을 세우는 경우는 거의 없었다. 그러니 장준우가 빈센조와 대등한 위치에서 눈을 맞추고 싸울 수 있도록 도와준 건 바로 최명희였다.

같은 편에 있다고 해서 모든 인물이 장준우에게 똑같은 의미를 지닌 건 아니다. 법무법인 우상의 대표 한승혁과 바벨그룹의 또 다른 회장 장한서가 연맹을 맺어 쿠데타를 공모하는 동안 최명희는 굳건히 장준우를 향한 충성심을 지켰다. 가장 대표적인 예시는 장준우가 검찰 부장을 충동적으로 죽이고 난 뒤에 대화하는 장면에서 나타난다. 뒷수습은 전혀 개의치 않고 본인의 기분이 가장 중요한 장준우는 자신을 거슬리게 한다며 남동부지검장 앞에서 부장 검사를 살해하고 만다. 이 상황을 함께 본 한승혁과 최명희의 반응은 사뭇 다르다. 한승혁이 조심스레 최명희에게 묻는다. “장준우 회장, 도를 너무 많이 넘는 것 같지 않아요? 나 서 부장 죽는 거 보고 공황장애 걸린 것 같아. 우리도 대책이 필요할 것 같은데….” 그리고 최명희가 받아친다. “대책 같은 소리 한다. 죽고 싶어 환장했나? 우리는 장준우 회장의 정체를 아는 것만으로 단두대에다 목을 넣고 있는 거야. 명심해라.” 한승혁이 벌벌 떨며 다른 주머니를 찰 타이밍을 확인할 때 최명희는 외면하거나 기피하려는 기색 없이 차분함을 유지했다. 그는 애매한 악역처럼 굴 생각이 조금도 없어 보였다.

최명희의 굳건한 충애를 '권력의 개' 같은 과격한 말로 비유할 수도 있을 거다. 하지만 단순히 뒷배를 봐주는 인물로만 해석하긴 어렵다. 그가 바벨그룹에서 적을 옮기지 않는 이유는 따로 있다. "당신 같은 검사 출신들 기술이야 뻔하지. 이 정도면 알아서 물러나야 하는 거 아니에요?" 빈센조로부터 잇따른 연패를 맛보자 장준우 회장이 최명희에게 모욕적인 말을 비꼬듯 던진다. 그러자 최명희가 발악하듯 목에 핏대를 꼿꼿이 세우고 외친다. "회장님. 회장님이 내를 차에다 두고 박살을 내고 개 같은 모욕을 줘도 내가 왜 안 때려치는지 아십니까? 내가 쪽팔리고 억울해서 죽을 것 같아서요. 나도요, 회장님처럼 태어나서 연달아 져본 적 없는 사람이에요. 어떻게든 내가 몇백 배로 갚아주고 딱 털고 깔끔하게 물러날 겁니다." 이 대사만 봐도 단순히 충성심 하나만으로 최명희를 설명할 수는 없다. 그보다는 성공적으로 목표를 달성하고 성취감을 누리며 자존심을 지켜내는 사람에 가깝다. 감히 권력을 배신하지 않는 것도 자신이 그런 사람이 되고 싶지 않아서였고, 오래 몸을 담갔던 검찰을 뛰쳐나온 것도 자존심을 더 이상 지키기 어렵다고 판단해서였다. 드라마 안에서 최명희가 모든 걸 명령할 수 있는 최고 권위자는 아니었지만, 그는 주어진 업무에 계속해서 자신을 주어로 삼았다.

최명희가 저지른 죄목을 나열해 보면 이렇다. 홍유찬 변호사 살인교사, 바벨화학 피해자 유가족 살인교사, 바벨화학 직원 살인교사, 바벨화학 연구소 폭발, 빈센조 친모 살인교사, 바벨 노조위원장 살인교사, 금가프라자 가스 폭발…. 도덕적으로 잘못한 것을 추가하면 이보다 세 배는 더 늘어날 것이다. 그런 그에게 책임감이나 자존심을 거론하는 게 제멋대로 용서의 빌미를 제공하는 것처럼 보일 수도 있겠다. 그런데 맞다. 이토록 대단한 악인의 등장을 열렬히 환호하고 격하게 반기고 싶다. 혹여 이게 불편하다면 이 사람이 얼마나 나쁜 일을 했는지, 이런 환영이 얼마나 걸맞지 않은지 반증하면 된다. 사투리가 어색하다느니, 혼자 튀어 보인다느니, 몰입이 깨진다느니 극과 전혀 상관없는 지적 말고, 그 인물의 행동 안에서 지적하면 된다. 최명희의 등장 이후 시청자들은 암묵적으로 최명희 이상의 악인을 기대하게 될 것이다. 다양성은 기대로부터 시작된다. 아! 최명희가 있어 기쁘지 아니한가!

다음의 물음표

Q1. 가장 강한 인상을 남겼던 남성 악역을 세 명 뽑아보자. 그 역할과 비슷한 여성 캐릭터로 대치한다면 누구를 꼽겠는가?

Q2. 대표적인 '악녀'들의 공통점을 세 가지 특징으로 꼽아본다면?

미쓰백

상처를 연출하는 방법

걸그룹 포화시장이 형성되기 시작한 건 2007년부터다. 1년에 60~70팀이 넘는 걸그룹이 데뷔하지만 다음 해까지 살아남는 그룹은 1%가 안 된다고 한다. 대중에게 완전한 인지도를 얻더라도 재계약 시점이 지나면 멤버 각자의 길을 걷게 되니 평균 수명은 대략 7년 정도다. 아이돌 대부분이 10대 중후반~20대 초에 데뷔하는 것을 감안하면 걸그룹으로서의 커리어를 마쳐도 여전히 20대다. 또래가 이제야 사회의 첫발을 내디딜 때, 이들은 오랫동안 바랐던 일을 정리하면서 어디에도 쉽게 귀속되기 어려운 고민을 떠안게 된다. 새로운 시도 앞에서 어쩌면 첫 데뷔 때보다 더 큰 두려움을 직면하는 것이다.

그룹의 울타리를 벗어나 개인의 이름으로 다시 일어설 때는 또 다른 차원의 경쟁이 기다리고 있다. 그룹이 성공했다고 해서 모든 멤버의 독립마저 성공적인 것은 아니다. 이 과정에도 생존은 어려운 문제다. 더구나 대중 반응에 큰 낙차가 발생한다. 인정받거나 혹은 그룹 없이는 빛을 못 보는 취급을 받는다. 긴 공백기를 이기지 못하고 온라인 활동을 시작하면 하다 안 되니까 이런 것까지 한다는 오명을 덧씌우기 일쑤다. 하지만 이마저도 성공한 걸그룹의 이야기다. 알게 모르게 사라지거나, 반짝 떴다가 사라지거나, 원하지 않는 이미지만 얻고 사라진 그룹이 셀 수 없이 많다. 꿈을 이룬 듯 이루지 못한 듯 어중간함 사이에서 부단히 애를 썼던 이들에게 우리는 어떤 태도를 갖춰야 할까? 슬픔에 공감해야 할까? 함부로 슬픔이라고 일컬어도 괜찮은 걸까? 아니면 아무것도 모른 척해야 하는 걸까? 뒤안길로 사라진 이들의 상처를 방송국은 어떻게 연출해야 하는지, MBN 〈미쓰백〉이 몹시 섬세하게 알려준다. 그리고 이건 시청자를 향한 안내서이기도 하다.

슬픔은 이렇게 접근하세요

〈미쓰백〉은 이제는 무대에서 보기 힘든 아이돌 멤버의 부활을 돕겠다는 취지로 기획되었다. 인생곡을 두고 여덟 멤버가 곡을 쟁취하기 위해 무대 각축전을 벌인다. 백지영을 중심으로 작곡가 윤일상, 개그우먼 송은이가 멘토로 구성되었다.

백지영은 프로그램의 근간이 될 세 가지 약속을 제안했다. 인생곡이 없는 가수에게 기회를 줄 것, 한 번 뽑은 멤버는 프로그램이 끝날 때까지 탈락시키지 않을 것, 간절함은 있는데 지금은 잊힌 걸그룹을 찾을 것. 경연이라는 기본 포맷은 지키되 이들에게 두 번 상처주어선 안 된다는 메시지를 덧붙인 것이다. 그렇게 여덟 명이 모였고, 한때 비슷한 시기에 활동했던 멤버들은 서로에게 반가움을 담아 눈썹 인사를 남기기도 했다. '크레용팝' 소율, '나인뮤지스' 세라, '달샤벳' 수빈, '스텔라' 가영, '와썹' 나다, '애프터스쿨' 레이나, '디아크' 유진, '티아라' 소연까지. 세 멘토가 이들을 만나 처음으로 건넨 말은 이거였다. "우리 호칭은 언니, 오빠로 하자. 그리고 우리는 너희를 이름으로 부를게. 난 너희 이름을 가능한 많이 부르고 싶어."

〈미쓰백〉이 많은 사람에게 알려진 계기는 여덟 멤버가 각자 공백기를 어떻게 보냈는지 고백하면서였다. 세라는 나인뮤지스를 탈퇴한 후, 개인 방송으로 팬들과 소통하고 소규모 콘서트를 꾸리며 지냈다. 그러나 경제난은 그를 비껴가지 않았고 대출 여부도 빠듯했다. 무엇보다 그는 새벽에 잠에서 깨 피자와 케이크를 허겁지겁 먹는 모습을 보였는데, 정작 당사자는 다음 날 빈 그릇을 보고 나서야 그 사실을 알아차렸다. 사뭇 당황한 출연진에게 세라는 공황장애와 우울증 치료로

약을 먹고 있다고 고백했다. 옆에 있던 레이나가 덧붙였다. "아, 혹시 그건가? 약 먹으면 기억이 희미해지는… 저 뭔지 알거든요." 불안 증세에 관해 레이나가 허물없는 공감을 보여주면서 세라는 편하게 답할 기회를 얻었다. 안정제가 불안을 진정시켜 주지만 기억을 희미하게 만드는 부작용이 있다고 설명했다. 예능에서 쉽게 다루지 않았던 이야기가 나오자 순간 백지영은 영상을 멈추라고 한 뒤 강한 어조로 말한다. "세라야, 너 이거 방송 안 나가길 바라면 꼭 제작진한테 얘기해." 〈미쓰백〉 자체의 극적인 화두를 위해서라면 우울증과 우울증 치료, 약물 복용으로 인한 부작용은 유용한 요소가 될 수도 있었다. 이렇게 곤경에 처한 인물을 발굴해서 밖으로 꺼냈다는 신파를 구현할 수도 있었을 테고. 하지만 백지영은 이들에게 싫은 건 싫다고 말해도 된다는 사실을 명확하게 짚어주면서 모든 가능성을 대차게 끊어버렸다. 이게 얼마나 중요한 포인트냐면 연차가 오래된, 그래서 발언권에 훨씬 힘 있는 선배가 공개적으로 말해줌으로써 조언은 더 그럴 만한 가치와 가능성을 얻게 된다는 것이다. 그리고 그 가능성은 우리 모두가 거절할 권리가 있다는 암묵적인 분위기를 생성한다. 프로그램은 이 과정을 편집하지 않고 모두 방송으로 내보내면서 백지영의 태도에 동의한다는 걸 보여줬다.

스텔라로 7년 동안 활동했던 가영의 이야기에서도 백지영의 태도는 일관됐다. 스텔라는 처음 청순 콘셉트로 데뷔했지만 대중으로부터 원했던 반응을 얻지 못하면서 19금 섹시 콘셉트로 전환했다. '파격', '19금', '섹시' 같은 단어가 이들의 모든 노고를 대체했다. 스텔라 멤버 중 누구도 원치 않았지만 자연스럽게 방향은 정해졌다. 심지어 사람들로부터 뭇매에 올랐던 선정적인 의상 사진은 알고 보니 멤버 모두 거절했는데도 기획사에서 확인용으로 다섯 컷만 찍자고 회유했던 것 중 하나였다. 그 과정엔 동의 여부도 책임도 없었다. 그 결과로 가영의 옷 방은 어두운색의 긴 옷들로 가득 차있다. 가영이 말한다. "긴 바지 아니면 긴 치마를 입는 게 좋더라고요. 제 다리, 제 살을 쳐다보는 게 너무 싫어요. 저도 원래 이런 트라우마가 생겼다는 걸 인지 못하고 있었어요. 그런데 언제부턴가 그러고 있더라고요." 신체 부위를 부각해 촬영한 무대 영상들, SNS로 무작정 성기 사진을 보내는 남성들, 스폰 제의 등 세상은 그를 함부로 대해도 되는 사람인 것처럼 굴었다. 그의 설움을 들으며 울지 않는 이가 없었고, 그건 여기 모인 이들만이 이해하는 접점 같은 거였다. 회사의 결정이 곧 나의 결정이고, 대중의 관심을 얻기 위해서라면 모든 걸 거래해야만 했던 시절들. 심지어 7년 동안의 수익이 얼마 되지 않는다는 이야기를 듣고는 백지영이 악을 쓰며 외쳤다. "돈도 안 줬어?!"

〈미쓰백〉은 이런 식으로 멤버들의 근황만큼이나 그에 대한 주변 반응을 대등하게 강조해서 보여준다. 반응이라는 것도 의외성에 초점을 맞추지 않고 당사자를 대신한 분노와 그의 평온을 기도하는 조언으로 채워나갔다. 스폰서 이야기가 나올 때엔 래퍼 나다가 "미친놈"이라는 욕을 내뱉었고, 가영의 길고 검은 원피스를 보고 송은이는 잘못한 사람을 대신해 사과했다. "오늘 첫 만남이고 화사하게 보이고 싶을 거 아니야. 처음엔 '취향인가?' 하고 생각했는데, 영상을 보고 나니까 너무 미안해져. 내가 인생의 선배고 어른으로서, 어른의 자격도 없는 사람들 때문에 젊은 시절이 너에게 잊고 싶은 시간이 됐다는 게 너무 미안해."

사람들은 타인의 공통된 반응을 통해 특정 사건을 이해하기 마련이다. 〈미쓰백〉은 이 사실을 잊지 않고 유연하게 활용했다. 여덟 명이 공백기에 마주해야 했던 상처와 주변 반응을 비등하게 보여주면서 단순히 '충격적인 사건'이 아니라 '마땅히 분노해야 할 일'로 인식하게 한 것이다. 만약 다른 출연자들 마저 어느 프로그램처럼 "뭐? 스폰서 제의가 왔다고?", "뭐? 짧은 옷을 못 입겠다고?"라는 식의 당사자를 특이 케이스로 몰아가는 반응을 보였다면 프로그램 끝에는 멤버들에게 상처만 남고 함께 분노할 필요성은 휘발되어 사라졌을 것이다. 무엇보다 이러한 사건들이 멤버들의 낙인이 되지 않도록

〈미쓰백〉은 적정 거리를 지키려 했다. 편집된 일부분만 보는 시청자가 출연진을 경솔하게 불쌍히 여기지 않도록, 함부로 주홍글씨를 남기지 않도록 본래의 밝고 엉뚱한 모습까지도 빼놓지 않았다. 영상에서 슬픈 모습과 천진한 모습을 오가는 게 뜬금없어 보일 수 있지만, 원래 인간은 입체적이고 이 영상은 다양한 면면 중 하나일 뿐이라는 것을 계속해서 상기시킨다. 백지영이 선배로서 이들의 슬픔을 날것 그대로 포용한다면, 제작진은 이 슬픔을 신중하게 다룬다. 이 성숙한 태도 앞에서 '상처'와 '연출'이 공존할 수 있는 단어라는 것을 처음 깨달았다.

저희끼리 잠깐만 이러고 있을게요

그 뒤로는 본래 기획대로 아주 뜨거운 노래 쟁탈전이 이어진다. 본격적인 경합 이전, 티아라 소연의 자진 하차가 있었지만 그 또한 프로그램 취지 안에서 납득이 가는 선택이었다. 첫 녹화 날, 동료들의 아픔을 보면서 이들이 음악을 할 기회를 경쟁으로 뺏고 싶지 않다는 것이 이유였다. 그들에게 인생곡을 꼭 찾길 바라는 진심의 응원을 건네며 그렇게 최종적으로 7명이 남게 되었다. 그런데 이 총성 없는 전쟁터는 보면 볼수록 약간 이상하다. 여느 오디션 프로그램이나 경합 프로그램에서도 출연진 간의 우정을 부각하곤 하지만, 〈미쓰백〉

은 연출과 별개로 다정한 장면을 너무도 쉽게 곳곳에서 발견할 수 있었다. 최종 승자를 호명할 때마다 포옹을 넘어 엉덩이를 토닥이는 장면들, 누군가 혹평을 듣고 눈물을 훔칠 때면 다른 멤버들이 무릎을 꿇고 눈맞춤으로 위로하는 장면들, 누가 봐도 무대를 즐기면 "아우, 행복한 건 언닌데 왜 내가 눈물 날 것 같냐." 하는 장면들. 심지어 가장 치열했던 〈오르락 내리락〉 경연에서는 세라가 1위를 차지하자 전원이 강강술래처럼 둘러 껴안았다. 그리고 세라가 심사위원에게 울고 웃으면서 말했다. "죄송한데 저희끼리 잠깐만 이러고 있을게요."

모든 멤버는 무대를 귀하게 여길 줄 알았고 자신을 어필하는 데 망설이지 않았다. 너무도 간절하게 바랐던 노래를 얻지 못하면 솔직하게 속상해했지만 승자를 축하하는 것도 모두 진심이었다. 그 멤버가 얼마나 애썼는지 잘 알기 때문이다. 누군가의 무대를 관전할 때 한 명이 칭찬을 꺼내면 기다렸다는 듯 퍼포먼스나 연출, 가창력에 대한 극찬이 쏟아져 나왔다. 이러한 칭찬과 애정은 서로를 더 불타오르게 만들었고 시간이 지날수록 무대 퀄리티는 계속해서 높아졌다. 이건 시청자에게도 몹시 소중한 경험이었다. 경연의 질을 높이는 게 맹렬한 신경전이 아니라 사이 좋은 관계라는 걸 체감했기 때문이다. 시청률을 사수하기 위해 어떻게든 대결 구도를 형성하던 기존 프로그램과는 몹시 다른 풍경이었다. 도저히 한 명을 꼽기 어려웠던 열전을 마치고 수빈이 말했다. “벌써 세 번째 곡이잖아요. 그동안 저희 모두가 교감하고 있었어요. 우리가 이번에는 제대로 보여주자고요. 진짜 다들 너무너무 열심히 해서 내가 너무 즐거웠어.” 어떤 곳에서는 나의 성장이 곧 우리의 성장이 되기도 한다.

물론 아쉬움이 없는 건 아니다. 노래가 생각만큼 매력적이지 않았다는 평이 종종 있었지만 이건 지극히 주관적인 호불호 문제니 차치하더라도 〈오르락 내리락〉의 가사는 다소 당혹스러웠다. “오르락내리락해. 자꾸만 오빠 땜에. 내 맘은 흔들흔들 서있을 수도 없어. 어제는 다정하게 오늘은 냉정하게 맘대로 들어왔다가 멋대로 떠나.” ‘오빠’라는 단어는 남성중심적문화를 공고히 하는 데 기여하는 대표적인 언어다. 〈미쓰백〉의 방향성을 비롯해 멤버들이 걸그룹으로서 감내해야 했던 일들을 생각하면 이 가사를 그들이 부르게끔 하는 게 옳은지 자꾸만 의문이 든다. 가사에서 화자의 주체성이 희미한 것도 사실이다. 트롯이라는 장르를 감안하더라도 창작이라는 자유 안에서 현대적인 가치를 반영할 수는 없었을까. 게다가 일곱 명이 이 노래로 무대를 꾸리기 때문에 시청자는 원하지 않아도 이 가사를 일곱 번이나 들어야만 했다. 도대체 오빠를 언제쯤 벗어던질 수 있을까.

그럼에도 〈미쓰백〉의 시도와 도전을 부정할 수는 없다. 〈미쓰백〉은 노래를 얻어낸 멤버에게 음원 수입 배분 계약서를 전달했다. 자문 변호사를 대동해 이 행위가 어떤 의미인지까지 시청자에게 정확하게 설명했다. 배분 조건도 남달랐다. 제반 비용을 제외하고 50%를 지급하겠다는, 업계에서 혁신적인 계약 조건을 내건 것이다. 이로써 출연진을 진짜 주인공으로 삼고 싶을 땐 프로그램이 어떤 모습을 보여줘야 하는지 참고할 수 있었다. 〈미쓰백〉을 기점으로 누군가의 결핍을 무기 삼아 호응을 얻는 프로그램들이 조금씩 사라질 것만 같다. 강한 확신이 든다.

다음의 물음표

Q1. 누군가의 슬픔을 극적으로 보여주는 콘텐츠를 두고, 시청자로서 가장 조심해야 하는 자세는 무엇이라고 생각하나?

Q2. 경연에서 경쟁은 필연적 요소인데 참여자 간에 서로 응원하는 모습이 정말 필요할까? 필요하다면 왜 그렇게 생각하나?

토이 스토리 4

보핍 같은 삶

1995년 〈토이 스토리〉 1편이 시작되고 24년이 지나 〈토이 스토리〉 네 번째 이야기가 펼쳐졌을 때 그간 궁금했던 인물의 반가운 등장이 이어졌다. 이름하여 '보핍'의 귀환. 분홍 드레스를 입고 양 떼를 보살피던 양치기 소녀 보핍이 우리 곁으로 돌아왔다. 그런데 그 모습이 예전과 사뭇 다르다. 풍성한 레이어드를 자랑하던 스커트는 기동성 좋은 바지로 바뀌었고, 양을 다루던 지팡이는 세상 날렵한 무기가 됐다. 심지어 그의 꿈은 카니발 버스에 합류하는 것이란다. 인간 세상에서 인형의 의무란 자신의 존재를 들키지 않기 위해 눈치껏 행동을 멈추는 일이다. 그러니 인형이 집 밖으로 향하는 건 온갖 위험이 도사리는 곳으로 몸을 내던지는 것과 같다. 그럼에도 보핍은 자유로운 유목 생활을 꿈꿨다. 아무나 상상하기 어려운 것을 삶의 목표로 삼고, 그것을 현실로 이뤄내기 위해 매일 계획하고 따랐다. 돌연 보핍 같은 삶을 살고 싶어졌다. 하루 빨리 저렇게 살아야 한다는 조급함마저 든다. 보핍으로부터 시작된 강력한 전염이 무엇인지 세 가지로 나누어 봤다.

위대한 소녀의 재림

〈토이 스토리 3〉에서 앤디가 대학에 진학하면서 장난감 친구들은 새로운 주인 보니와 함께 지내게 된다. 시간이 흘러 보니는 〈토이 스토리 4〉에서 유치원에 입학하게 되어 자립심을 키워야만 했다. 하지만 내향적인 보니는 낯선 환경과 친구들 사이에서 자꾸만 주눅이 든다. 불안한 마음을 잠재워 줄 누군가를 찾는 절실한 마음으로 플라스틱 포크에 이것저것 갖다 붙였다. 이름은 포키. 새로운 장난감 친구가 탄생했다. 보니에게 포키는 애착 인형이면서 동시에 걱정 인형이었다. 유치원에서 혼자인 자신과 교감해 주는 유일한 존재이자 사회생활의 어려움을 이해하는 동반자였기 때문이다. 포키의 중요성을 눈치 챈 우디는 보니가 포키를 통해 더 큰 용기를 얻기를 바랐다.

그러던 어느 날, 온 가족이 떠나는 캠핑카 여행에서 포키가 그만 낙오되고 만다. 보니에겐 아직 그가 필요했다. 포키를 보니 곁으로 원상복귀하기 위해 우디는 그를 찾아 떠나고 운명처럼 길 위에서 보핍과 재회한다. 이전과는 아주 많이 달라진 모습으로. 보핍은 예전처럼 한 아이를 주인으로 두지 않고 놀이터에서 우연히 만나는 아이들과 자유롭게 놀면서 지내고 있었다. 옷장 안에서 보니가 발견해 주길 하염없이 기다리는 우디와 달리, 보핍은 만남을 주체적으로 선택했다.

보핍에게 닮고 싶은 것 첫 번째, 나의 전부라고 착각했던 것으로부터 벗어나 자립하기. 그에게 주인 유무는 더 이상 중요하지 않다. 물론 옛날에는 주인 몰리가 자신을 필요로 하지 않는 것에 크게 슬퍼했다. 장난감은 무릇 주인이 있어야 의미가 있다고 생각했기 때문이다. 하지만 주인이 없다고 내가 장난감이 아닌 것도 아니고, 장난감의 역할과 별개로 자기만의 꿈이 충분히 있을 수 있단 걸 깨달으며 주체적인 삶을 그려가기 시작했다. 그렇게 보핍은 지난 7년 동안 산전수전 다 겪으면서 부러진 팔쯤이야 혼자 고쳐내는 멋진 성장을 이뤄냈다.

보핍은 〈토이 스토리〉 시리즈에서 유일하게 '이동 욕구'를 지닌 인물이다. 게다가 바깥세상을 궁금해하는 데 그치지 않고, 사람들이 기피하는 스컹크 외형의 레이싱 카를 활용하는 영리함을 뽐낸다. 보핍은 호기심이 커질 때마다 자동차를 직접 운전해 이곳저곳을 활보하는 자유도 누린다. 다른 인형들에게서는 발견할 수 없는 유일무이한 면모다. 자신이 원하는 걸 다른 누군가 대신 이뤄줄 수 없다는 사실을 너무도 잘 안다. 선택에 있어 판단 기준은 꼭 자기 자신이고 어떤 것도 자신의 행복보다 우위일 수 없다. 낡고 쾌쾌한 먼지를 대하는 모습에서도 보핍과 우디는 달랐다. 우디가 옷장 안에서 자기 몸에 착 달라붙은 먼지를 떼어내지 못하던 모습과 달리, 포키를 구하기 위해 세컨드 찬스 골동품 상점으로 향한 보핍은 어땠나. 여기저기 먼지투성이인 거미줄을 지팡이로 휘갈겨 버렸다.

세컨드 찬스 골동품 상점에서도 보핍의 리더십은 빛을 발한다. 그는 자신이 알고 있는 정보 안에서 상세한 전략을 짤 줄 알았다. 목표를 설정하고 그걸 이뤄내는 과정에서 결코 지는 법 없이 타인을 설득하기도 했다. 이게 바로 보핍으로부터 배우고 싶은 두 번째 태도다. 그는 우디가 작전대로 하지 않고 독단적이고 충동적으로 움직일 때마다 망설임 없이 강한 어조로 하고 싶은 말을 던졌다. “노닥거릴 시간 없어. 내 지시에 따라 질서 있게 조용히 움직여. 알겠어?”, “내 지시를 따르라고 했잖아. 돕고 싶으면 걸리적대지 마.”, “넌 그냥 저기 서 있어. 입 다물고.”

상황이 생각처럼 순탄하게 흘러가지 않을 때는 다른 인형들과 협공 작전을 펼치기도 했다. 포키를 차마 구하지 못하고 가족 같은 양들까지 납치되었을 때, 오토바이를 자유자재로

통제하는 카붐에게 도움을 청하지만 지나치게 미안해하는 태도를 취하지 않는다. 필요에 의한 정당한 요구와 부탁이라고 뜻을 전할 뿐이다.

마지막으로 보핍은 제 주변에 있는 여성을 챙길 줄 아는 성정을 지녔다. 오랜만에 만난 우디가 자신을 반겨주는 보핍의 양들을 보고 이름을 더듬는다. "바비… 거스… 레프티… 맞나?" 전부 틀렸다. 보핍이 다시 정정한다. "얘네는 빌리, 고트, 그러프야!" 자기도 모르게 이름이 지워진 여성을 위해 보핍은 계속해서 그들의 정체를 알려주고 상기시키는 역할을 한다. 게다가 보핍이 계획과 달리 세컨드 찬스 골동품 상점에서 그토록 열심히 싸우게 된 이유는 바로 납치된 양들을 찾기 위해서였다. 그는 이곳저곳을 큰소리로 호령하며 쏘다녔다.

"Where are my girls!"

더 이상 보핍은 예쁘기만 한 양치기 소녀가 아니다. 거추장스러운 치마를 벗어던지고 삶에 주체성을 부여하기 위해 두 다리 편안한 바지로 갈아입었다. 일종의 픽사의 선언과도 같았다. 앤디가 대학을 가고 보니가 유치원에 입학하기까지 긴 시간 동안 세상은 이토록 변했다. 그리고 그 변화는 장난감들에게도 경계 없이 스며든다. 영화 초반, 사람들에게 버림받은 여자 인형 '개비개비'가 다시 선택받기 위해 얼굴에 주근깨를 그리며 화장하는 장면과 선명하게 대비되는 이유기도 하다. 보핍은 무엇이 자신을 옥죄어 오는지 분명히 알고 있었다. 그리고 이 모든 이야기는 보핍의 결단력에서 시작한다.

“선반에 앉아 누군가 찾아주길 기다리면서 인생을 허비하긴 싫었어.”

다음의 물음표

Q1. 콘텐츠 속 꼭 닮고 싶은 삶을 스스로 그리는 여성이 있다면 누구인가? 어떤 점에서 영향을 받았나?

Q2. 보핍처럼 새롭게 재해석됐던 애니메이션 인물이 있다면 누구인가? 어떤 점이 이전과 다르며, 그를 통해 어떤 감정을 느꼈나?

어제 그거 봤어?

초판 1쇄 2021년 8월 2일

지은이 이자연

발행인 유철상
기획·편집 정예슬
편집 박다정, 정유진
디자인 노세희, 주인지, 조연경
마케팅 조종삼, 윤소담
콘텐츠 강한나

펴낸곳 상상출판
출판등록 2009년 9월 22일(제305-2010-02호)
주소 서울특별시 성동구 뚝섬로17가길 48, 성수에이원센터 1205호
전화 02-963-9891
팩스 02-963-9892
전자우편 sangsang9892@gmail.com
홈페이지 www.esangsang.co.kr
블로그 blog.naver.com/sangsang_pub
인쇄 다라니
종이 ㈜월드페이퍼

ISBN 979-11-6782-008-2 (03810)